五行詩及其手稿

五行・究竟

白靈 著

3

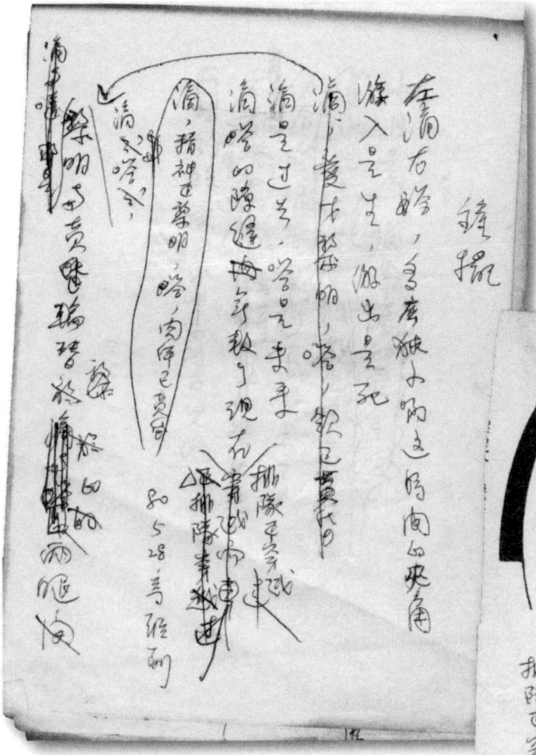

〈鐘擺〉手稿六

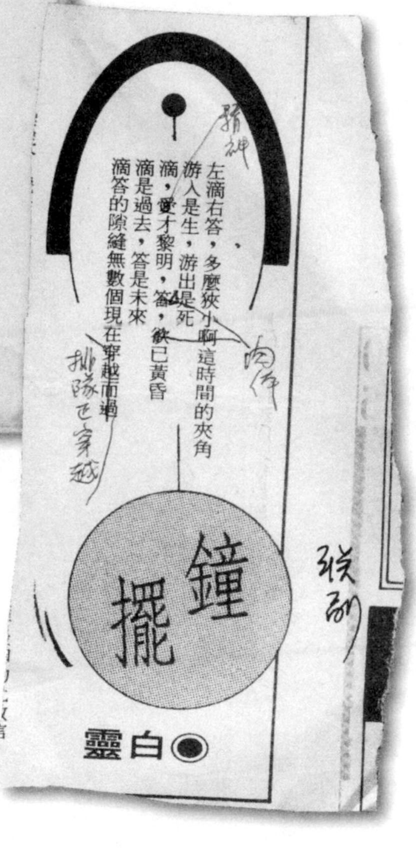

左滴右答，多麼狹小啊這時間的夾角
游入是生，游出是死
滴，愛才黎明，答，欲已黃昏
滴是過去，答是未來
滴答的隙縫無數個現在穿越而過

鐘擺

◉白靈

〈鐘擺〉發表後重定稿

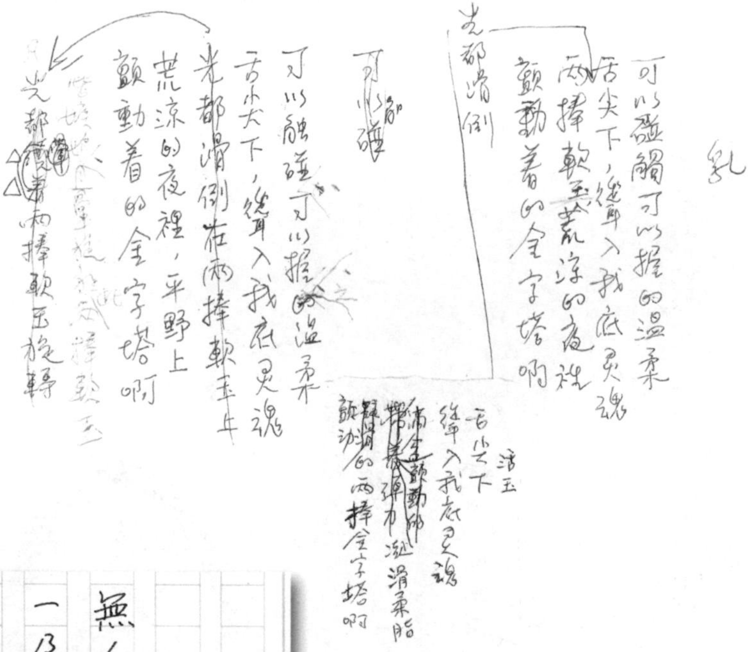
乳

〈乳〉的手稿

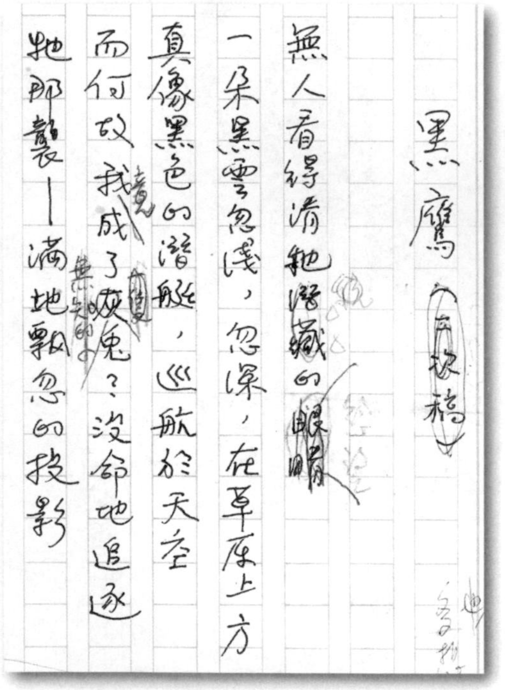
黑鷹
無人看得清牠潛藏的眼睛
一朵黑雲忽淺，忽深，在草原上方
真像黑色的潛艇，巡航於天空
沒命地追逐

〈黑鷹〉發表後的重定稿

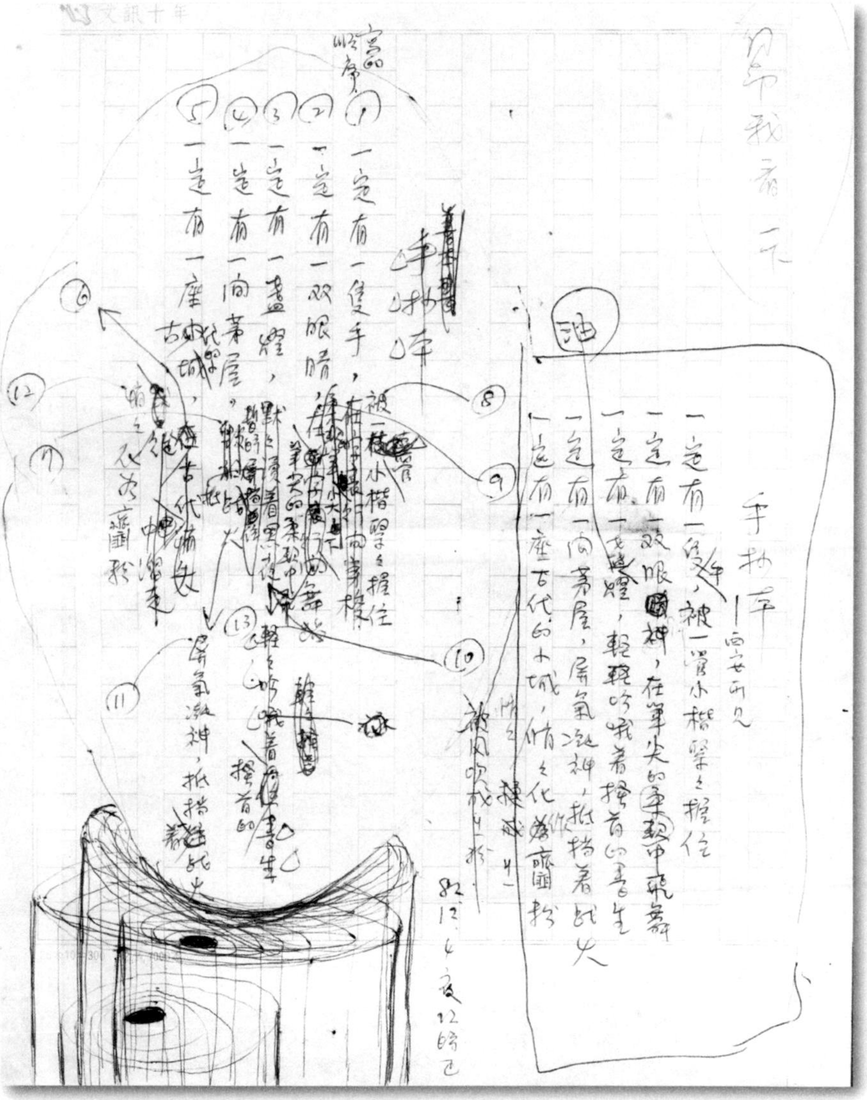

〈手抄本〉手稿

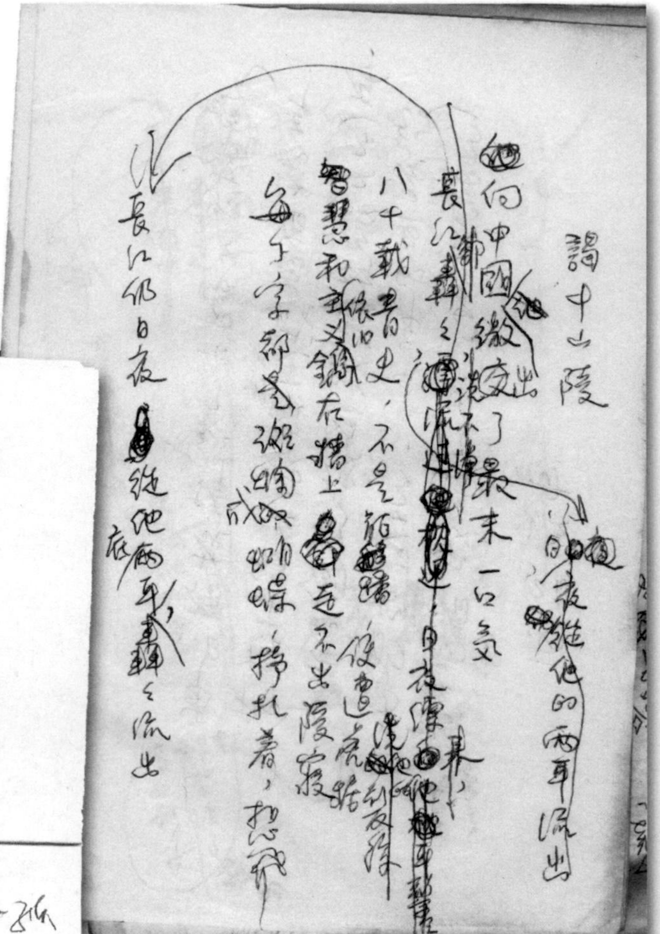

〈謁中山陵〉手稿

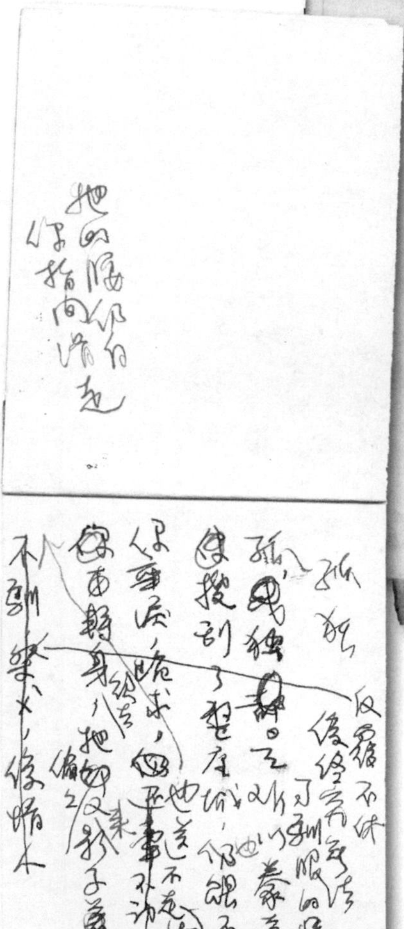

〈孤獨〉手稿

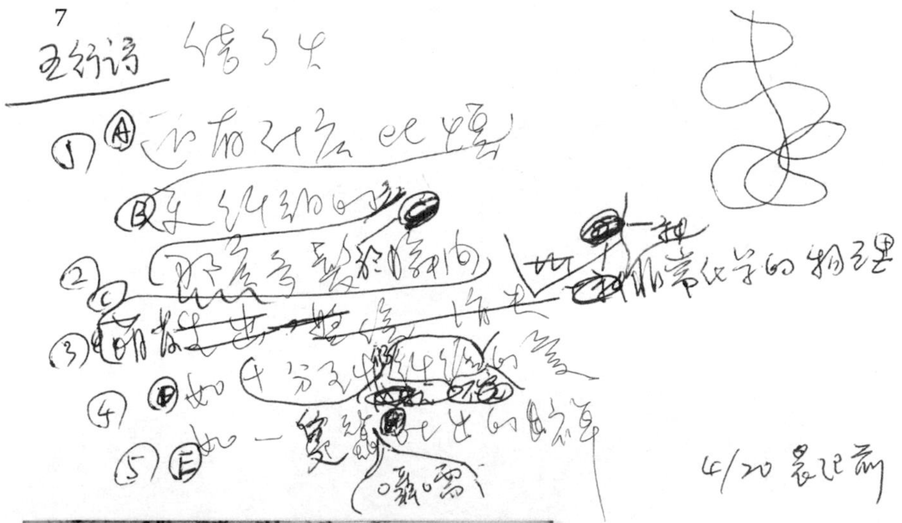

〈借個火〉手稿

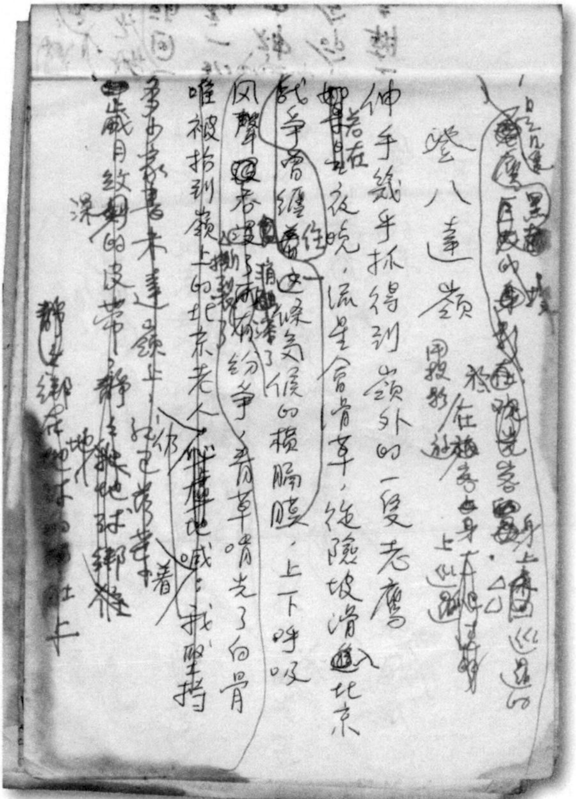

〈登八達嶺〉手稿二

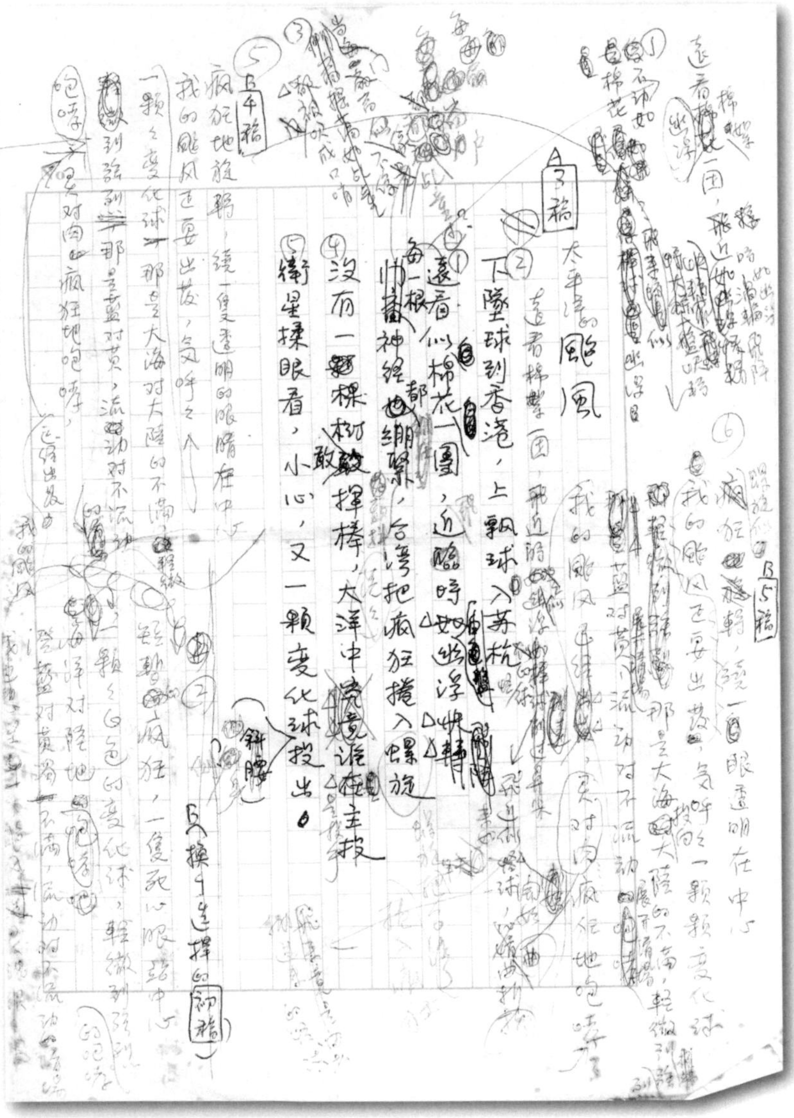

〈颱風〉I 手稿三及〈颱風〉II 手稿一、四與五

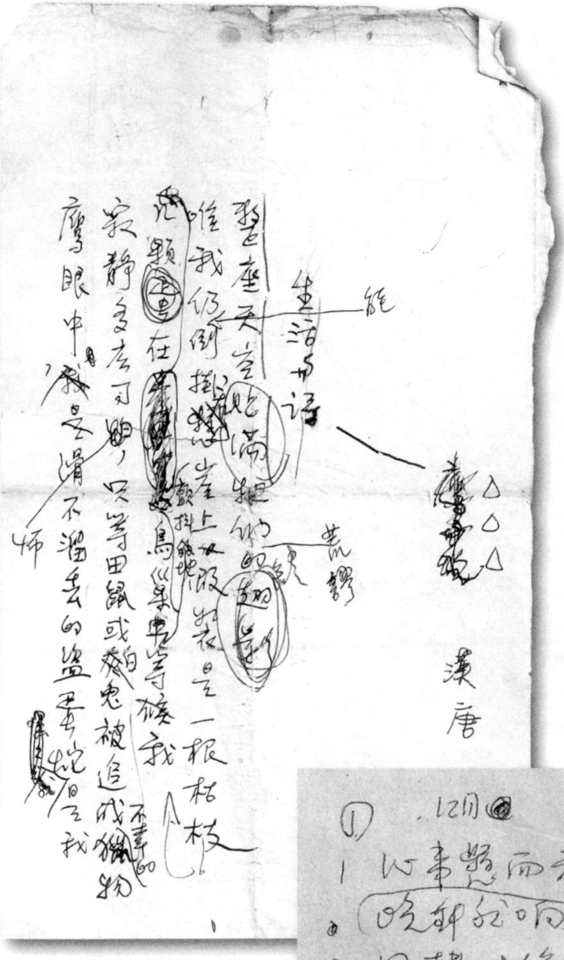

〈鷹與蛇〉手稿

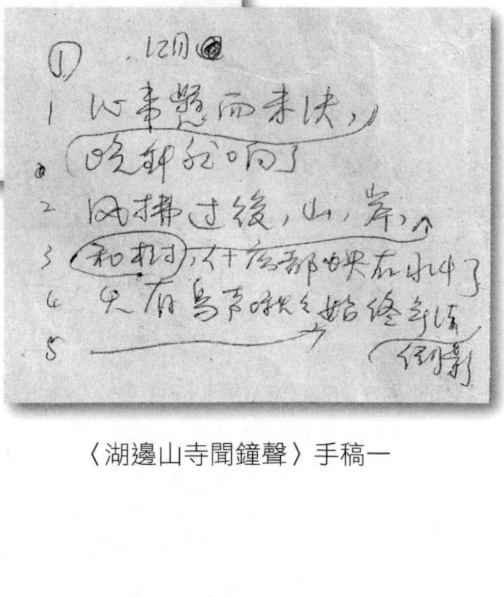

〈湖邊山寺聞鐘聲〉手稿一

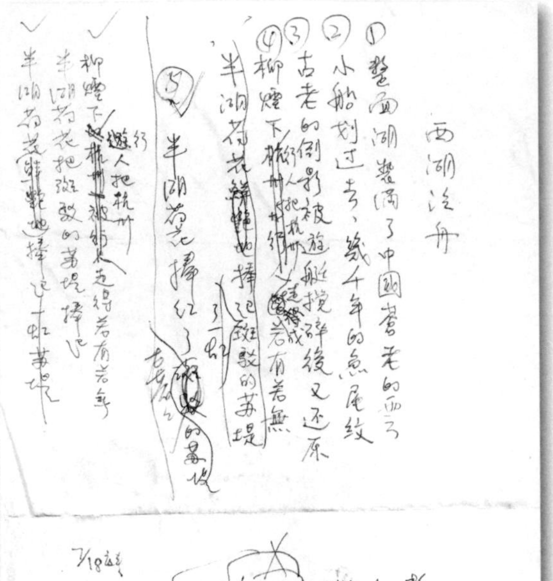

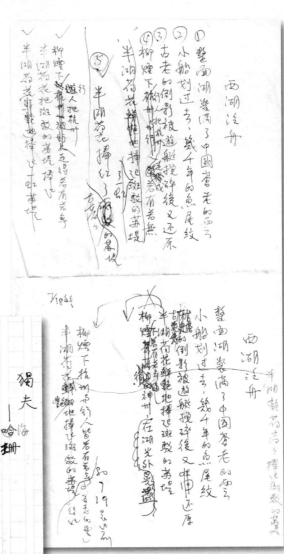

〈西湖泛舟〉手稿二

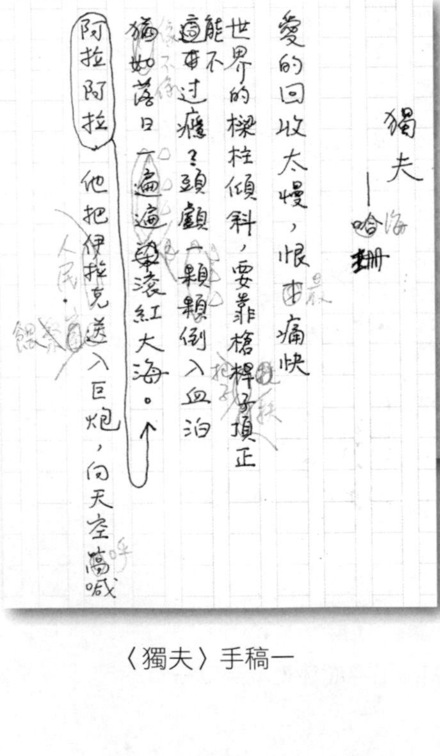

〈獨夫〉手稿一

【自序】

五行究竟

白靈

詩是宇宙之花，必然遍在於上下左右古今時空和星際的高等智慧生物之中。它是實與幻相擊之物，黑與白交合出的黎明或黃昏，是當下與永恆斜眼的對峙，是夢向現實低吼的咒語。它當然可能精神分裂似地無所節制或停歇，但最可能的表現是「一擊」、「一吼」、或交錯瞬間的「明」或「昏」，它是動態的、隨機的、偶然的、乍現的、隕落或上升的、輻射或收斂的、爆裂的因此也注定將幻現而熄滅。

詩是宇宙之花，因此隱含著宇宙自身乍現乍滅的縮影，既是「花」，因此不可能「大」或「重」。它是質能混沌中短暫的成、住、壞、空，是宇宙能量無止境的變身和輪轉中必然的精神卻也是偶合的形式，因此短或暫是常態，長或久是變態。包括對它的認識，也不是自然產生的，而是逐步認識的，它的出現是氣泡式的，難以捕捉或重現，它「現」的背後是更龐大永無以明示的「不現」。因此所有的「現」皆是一粒米，背後是無以計數的倉廩，是逗點、破折號或短瞬喘口氣似的休止符，從來無法句點。此詩集中所有五行詩也均應如是觀之。

一九八六年十月起，筆者應當年九歌版《藍星詩學》季刊主編向明前輩之邀，在該刊上開闢「新詩隨筆」專欄，逐期將那些年在不同寫作班、文藝營指導新詩寫作的一些心得、和教學相長的若干成果整理集中後，野人獻曝地登載於該刊物上。收於此詩集中寫得最早的幾首五行詩，便是在這些隨筆的討論中為說明方便，而於前兩篇陸續舉了〈燭台〉、〈燈籠〉、〈風箏〉、〈爭執〉等四首五行詩為例。其中〈爭執〉一詩早於一九八六年的三月即出現在國立藝術館展演的「詩的聲光」演出的節目之一「新詩相聲」中，因此上述幾首五行詩應寫於一九八五年前後。

其後於一九八七年十月，筆者於《文訊月刊》發表〈小詩時代的來臨——張默《小詩選讀》讀後〉一文，對小詩形式開始投予較大的注目。之後又於一九九五年九月於《台灣詩學》季刊發表〈詩獎和詩的長度〉，對台灣諸多詩獎行數的變化作一回顧，並對詩獎多徵求五、六十行或更長的詩作提出質疑。一九九六年三月又於《台灣詩學》季刊發表〈畢竟是小詩天下〉一文，一九九七年二月與向明先生合編之《可愛小詩選》由爾雅出版。三月，於《台灣詩學》季刊策劃「小詩運動」專輯，同時將《可》一書的序文〈閃電和螢火蟲——淺論小詩〉也發表於該專輯中，提出以百字為度的小詩標準。當時不以行數而以字數為度，乃因仍有若干詩作行數超過十行，卻不滿百字，而也有若干十行以內的詩作卻超過百字，因此《可愛小詩選》收入前者而排斥後者。然則後來一些小詩選逐漸將十行視為共識，因此筆者在主編年度詩選時，乃改為十行或百字（可能超過十行）以內當作小詩選取標準。

然則即使筆者分別於主編《九十一年詩選》（二〇〇二）、《二〇〇七台灣詩選》兩本年度詩選時將當年度選入的佳作依「小詩」、「短詩」、「中長型詩」、「散文詩」、「組詩」等形式加以分類，但年度詩選其他編委於其輪值擔任主編時，皆未跟隨。因此這些年來，筆者只得繼續「孤獨」地寫自己的小詩和五行詩了。由於只有五行，每行很難會超過二十個字，因此並不擔心五行詩會超過自己所訂下的「百字之約」。

其實自己也一度納悶，一九七三年當年發表的第一首詩只有四行，後來一度寫了不少長詩，最後又回歸寫起小詩來，但後來寫下的小詩為什麼會是五行？到最後能濃縮或簡化成五行的，就獨鍾於將它們收納於五行的乾坤袋中，除非詩自己「長大」，怎麼控制也控制不住時，才任由它們自己「伸展」。

以是到後來再問自己為什麼是五行時，就有點像問自己為什麼有兩隻手，每隻各有五根指頭一樣，雖看似自身設下的遊戲規則，卻又隱然合乎中國古代哲學「二（陰陽）五（金木水火土）之數」，這可能因找不到合理的解釋，便只能說是由日常生活長期寫詩經驗厭於長詩而慢慢累積的觀察總結。因此當讀到《黃帝內經・靈樞》中提出「天地之間，六合之內，不離於五，人亦應之」的說法時，其實自己是有點竊喜的。

本來以筆者長年受西方科學薰陶之人，對中國哲學的「陰陽五行說」一開始是嗤之以鼻的，尤其它與西方關於物質構成的恩培多克勒之「四根說」（地、水、風、火）乍看相近，但精神上卻有極大差異，前者是綜合性、終極性的，後者是分析性、過程性的。因此，其後的阿拉克薩哥那之「種子說」以及德莫克里特的「原子論」學說等，早已把對世界「本原」的認識轉移到對物質「結構」的認識層面上。這是西方理性與經驗並重的科學精神之起源，而為中國科學偏重於經驗實踐所不及的。

故五行是中國人的思想律、對宇宙系統的綜合認識方式，在傳統中有極頑強的勢力。一直到筆者開始對中醫稍有接觸後，而且是由病理始略知其理路有西醫所不及者，尤其是十四經脈的說法和針灸醫療方面。它對人之身體的綜合體會和宇宙事物相互關聯的認知，其實是更合乎科學與哲學的整體把握的。因此西方在叔本華、尼采之後，逐漸由詩性哲學認識到科學最終的侷限和不足、以及地球乃至宇宙生壞循環的必然、偶然和虛幻，因此不得不向東方哲學逐步靠攏。而「五行配五」因是中醫學的理論基礎，也是天地陰陽二元對立統一為一「道」的另一形式的掌握，以及虛實相生、有無色空質能互動互擊時，產生藝術混沌美學之一種暫時的面向。如是中醫以五臟作為人體最基本之要素，並將五臟與五行、五方、五時、五氣、五色、五音、五官、五體、五液、五情、五志、五味、五臭、五聲等等天地人事物對應相配，建立了所謂臟象理論，其實不過是「萬物皆備於我」、化繁為簡的「易」之哲學的另類展現。由此利用「五行詩」（乃至乘以二之十行詩，如人兩隻手各有五指）來表現人的情志，似也可視為上述歸納天地萬物乃至人之生理、病理與身體之五臟間相互聯繫的一種似有似無的規律。

因此五行詩可以被看成介於有意和無意之間的形式，它是一個基數，就像我們的五根指頭一樣，可以透過它們的比劃、彎曲、變形、變幻的靈活度，表現由〇至十的任一數字，因此它也是二與三、四與一的集合體，和六至十的縮減，以是有些五行詩可能由一行詩擴充而得、或是十行詩濃縮減肥而成。這其中的拿捏都是希望在有限的行數內，將情感純化至某個恰當的簡單形式。如此文白分配比例、上下排列、圖象化等，均可能在五行之內展開，如前兩行將之對偶句化（如〈乘船下漓江〉）、上下句長短對比（如〈子夜城〉）、形象圖式化（如〈鐘擺〉），或三二句分兩段（如〈撒哈拉〉）、四一句分兩段（如〈孤獨〉）等等，若再加上每行字數自由調節、節奏變化，乃至加上「空白」、「跳躍」、「斷脫」、「逸離」等手法的運用，五行一百字內其實就已大有乾坤了，或值愛詩人加以注目。

本詩集除了收入一〇一首五行詩作外，還包括若干手稿、殘稿——最多十餘次易稿的過程——一方面保留了當初創作殘留的痕跡，也欲說明改稿對創作者的必要性、偶然性、和趣味性。同時也提醒讀者，人人皆是準詩人，詩既是神祕又不是神秘的東西，關鍵則在參與而已。參與則透過語言之花，自有通往宇宙神祕通道的恍惚而又不可說的愉悅之感。

目次

卷一

就在距離世界不遠的地方

卷二

一朵白雲抹亮了湖心

卷三

水因魚而自由

卷四

論寶特瓶是漂浮的地球見寶特瓶未見水庫說

目次 contents

21

卷五

踩凹慾望柔軟的小腹

目次 contents

23

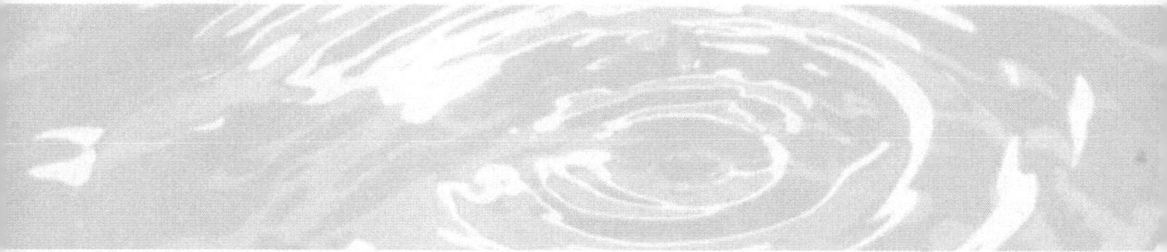

卷一

就在距離世界不遠的地方

風箏

扶搖直上，小小的希望能懸得多高呢
長長一生莫非這樣一場遊戲吧
細細一線，卻想與整座天空拔河
上去再上去，都快看不見了
沿著河堤，我開始拉著天空奔跑

一九八七年

鐘擺

左滴右答，多麼狹小啊這時間的夾角
游入是生，游出是死
滴，精神才黎明，答，肉體已黃昏
滴是過去，答是未來
滴答的隙縫無數個現在排隊正穿越

一九九一年

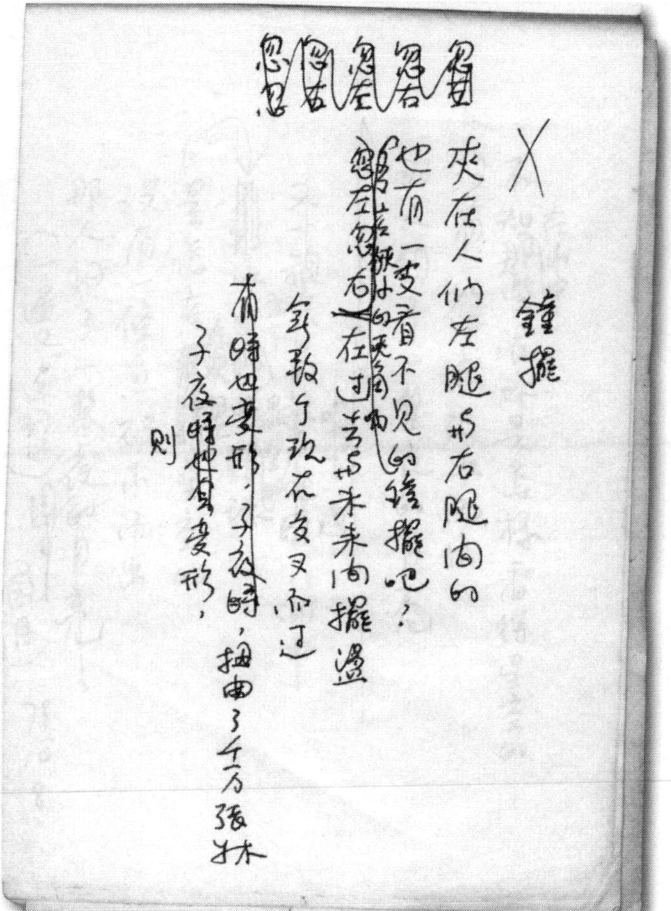

〈鐘擺〉手稿一

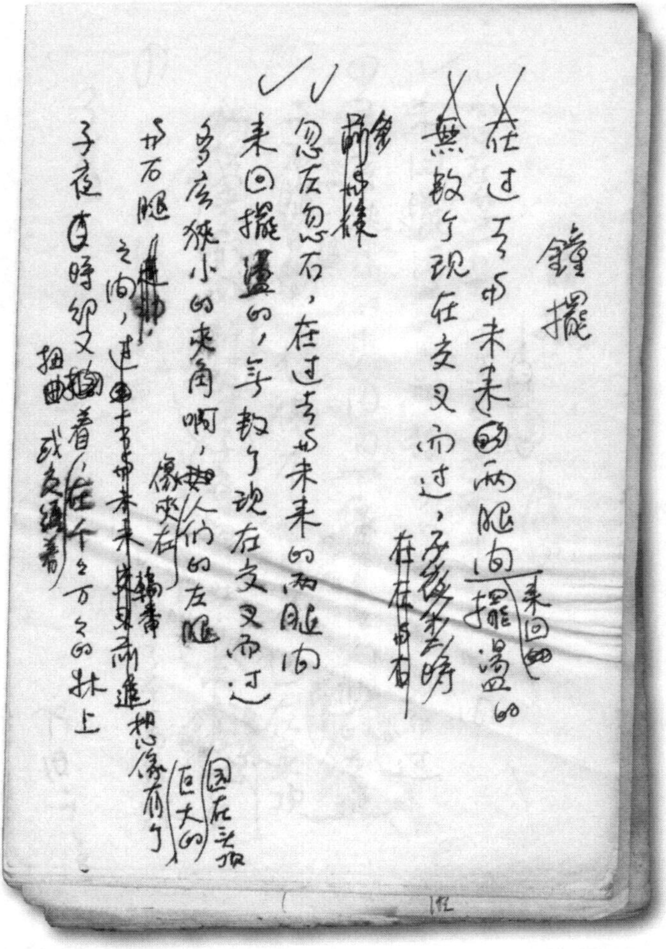

〈鐘擺〉手稿二

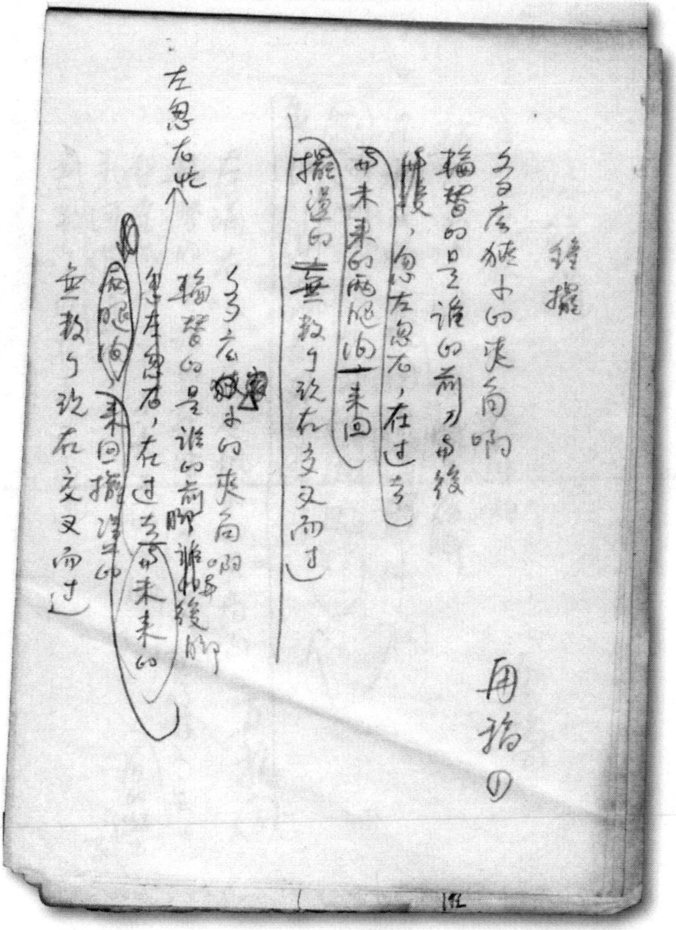

〈鐘擺〉手稿三

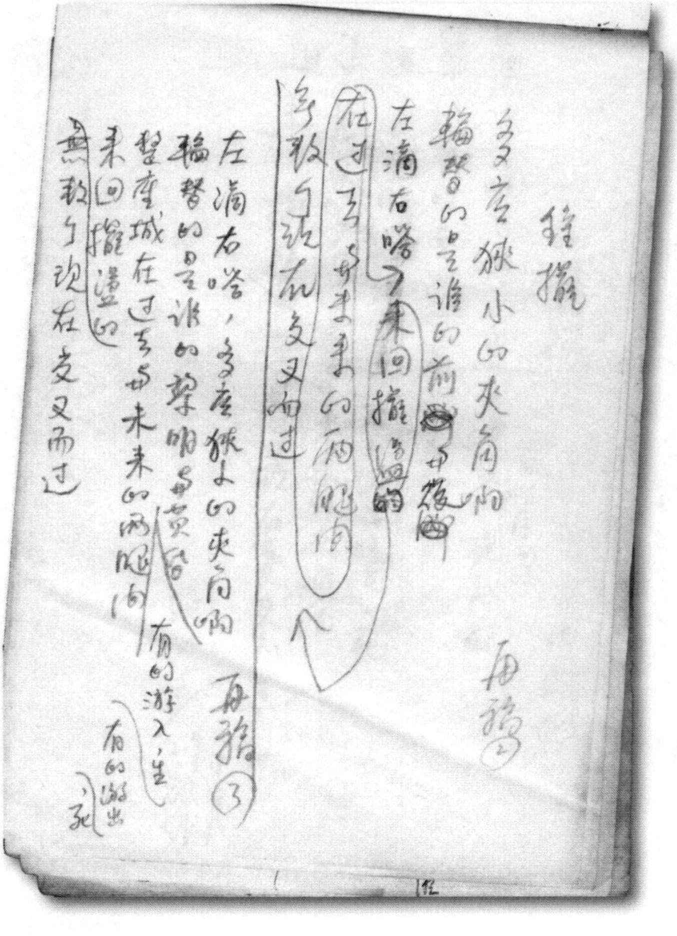

〈鐘擺〉手稿四

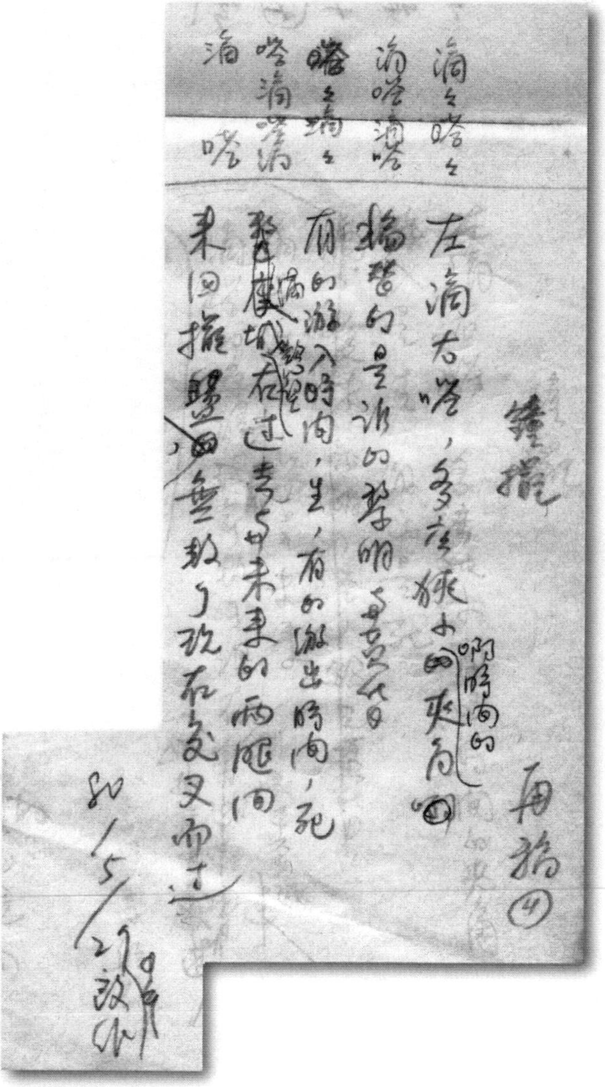

〈鐘擺〉手稿五

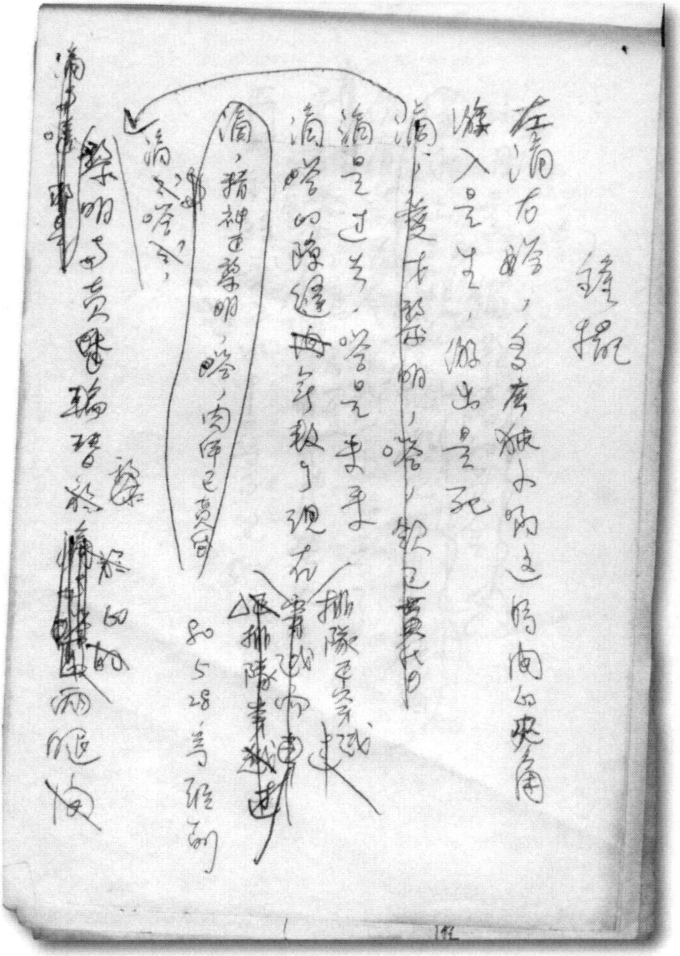

〈鐘擺〉手稿六

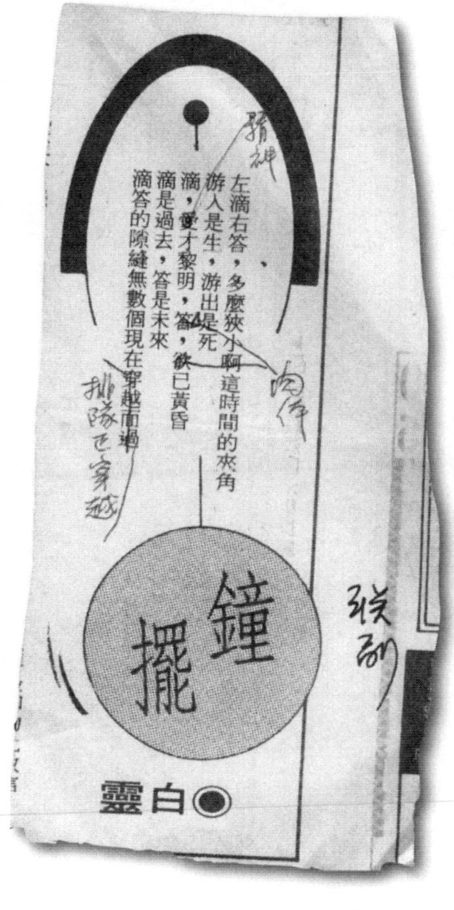
左滴右答，多麼狹小啊這時間的夾角
游入是生，游出是死
滴，愛才黎明，答，欲已黃昏
滴是過去，答是未來
滴答的隙縫無數個現在穿越而過
鐘擺
白靈

〈鐘擺〉發表後重定稿

女人

莫名的安靜　其實莫名的不安
可以沒有波浪　就不是海
若能回到原處　即非魚
有皺紋全因為鏡子
會變老都從莫名的感動開始

二〇〇二年

乳

可以碰觸可以握、之溫柔
舌尖下，聳入你底靈魂
光都滑倒的兩捧軟玉
荒涼的夜裏
顫動著的金字塔啊

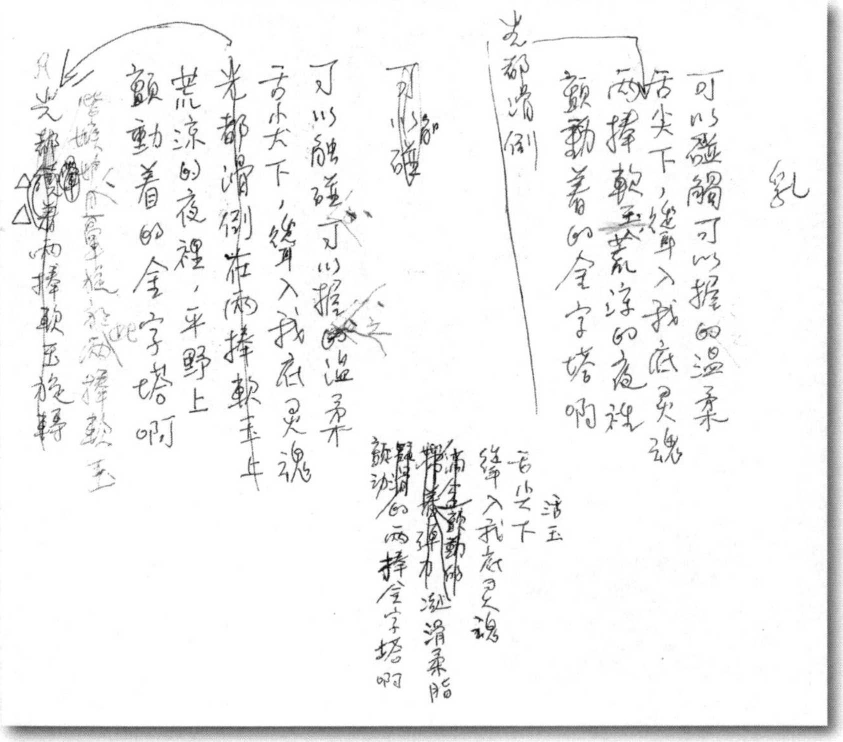

〈乳〉的手稿

不如歌 I

平靜的無，不如抓狂的有
坐等升溫的露珠，不如捲熱而逃的淚水
猛射亂放的箭矢，不如挺出紅心的箭靶
養鴿子三千，不如擁老鷹一隻
被吻，不如被啄

一九九六年

不如歌 II

熱鬧的無不如荒涼的有
甘霖泛濫的原野，不如仙人掌握的沙漠
快樂躺平的湖泊，不如傷心能飛的烏雲
霸南極萬里，不如據火山一座
被冰，不如被焚

一九九六年

不如歌 III

光亮的無，不如暗黑的有
點燃不著的鑽石，不如恍惚閃爍的螢火
堅貞恆定的星群，不如浪蕩叫喊的流星
攬昨天三年，不如追明日一天
能笑，不如能哭

一九九六年

爭執

整齣黃昏都是白晝與黑夜浪漫的爭執
雲彩把滿天顏料用力調勻
天空再也抱不住的那
落日——掉在大海的波浪上
彈　了兩下

一九八六年

天機

一瓶香水隱藏一座花園
一則神話等同於億萬個人類
塔羅牌卜出未來後　欲言又止
祭師瀕死前　說了個不清不楚的故事：
整群山脈努力上千年　終於擎起了一尊神木

一九九七年

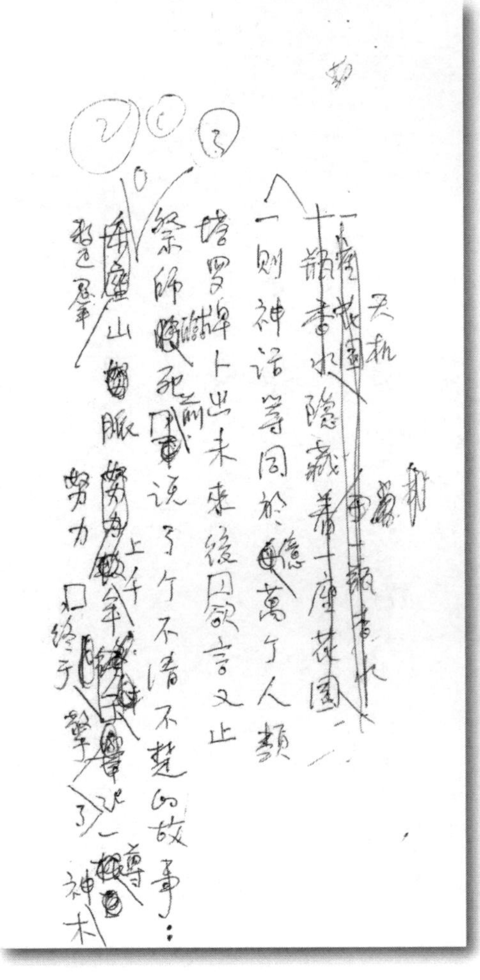

〈天機〉的手稿

鼎

蓮花伸展完它的夏季
最終也要潛回池底
香燭剛燃完它的光芒
佛說
再輕的灰也要用金鼎扛著

二〇〇二年

茶館

數十載歲月清茶幾盞
幾百樣年華淺碟數盤
一桌子好漢茶壺裏翻滾
唯黑臉瓜子是甘草人物
在流轉的話題間，竊竊私語

一九九一年

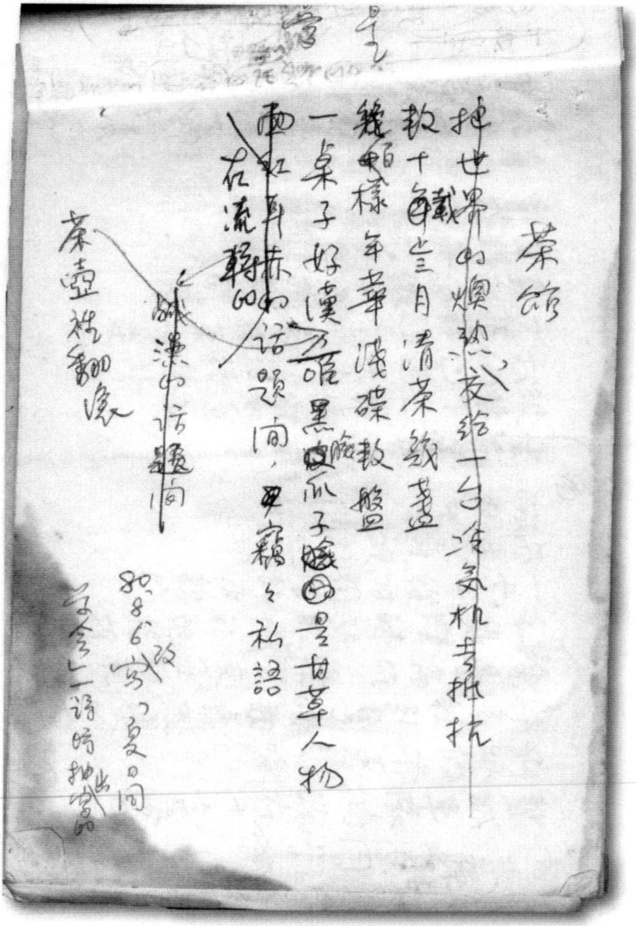

〈茶館〉手稿

演化

夢想是非常毛毛蟲的
做繭正是翅膀的
哲學，綑綁自己
在無法呼吸的時刻
飛　才開始

乘船下灕江

江面下匍匐著一床翡翠
岸左右凹凸起兩路峰巒
透明的翡翠上，沒有船撩得開陰影
歷史的峰巒間，哪片雲不染點滄桑
唯想像從容，奔馳於所有漣漪的前方

一九九一年

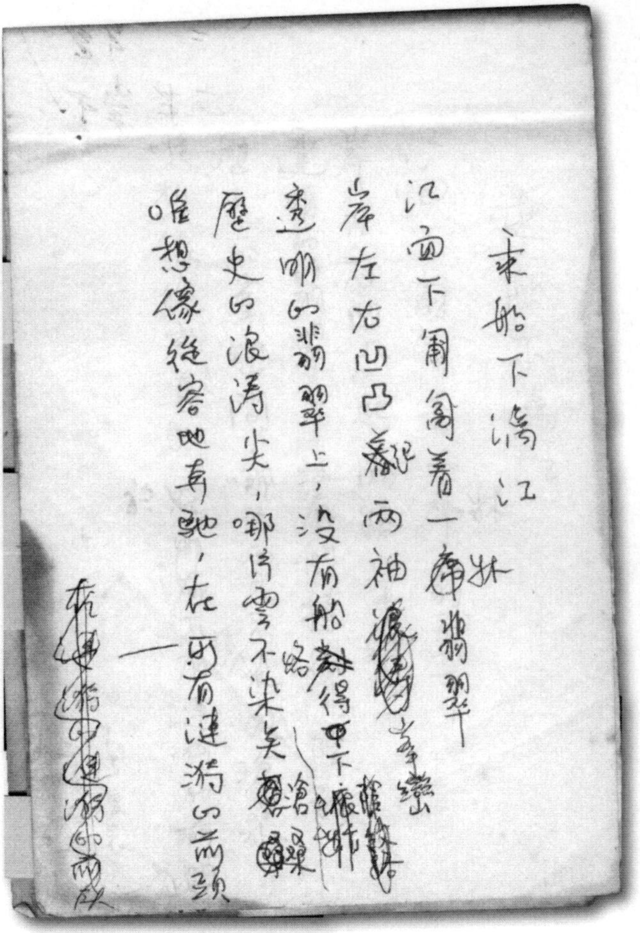

〈乘船下灘江〉手稿一

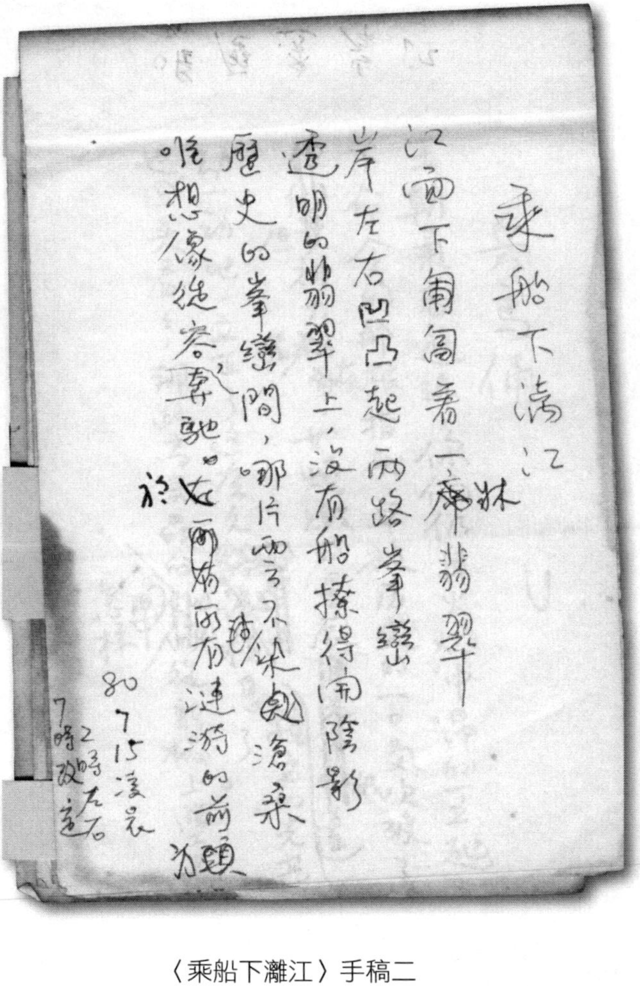

〈乘船下灕江〉手稿二

乘船下灘江

江面下劃着一抹翡翠
岸左右凹凸些 兩路羣巒
透明的翡翠上，沒有船擱得兩隻新
歷史的聲響……，哪片雲不望長追槳
唱悲傷像從容，奔馳於所有運游的前方

〈乘船下灘江〉手稿三

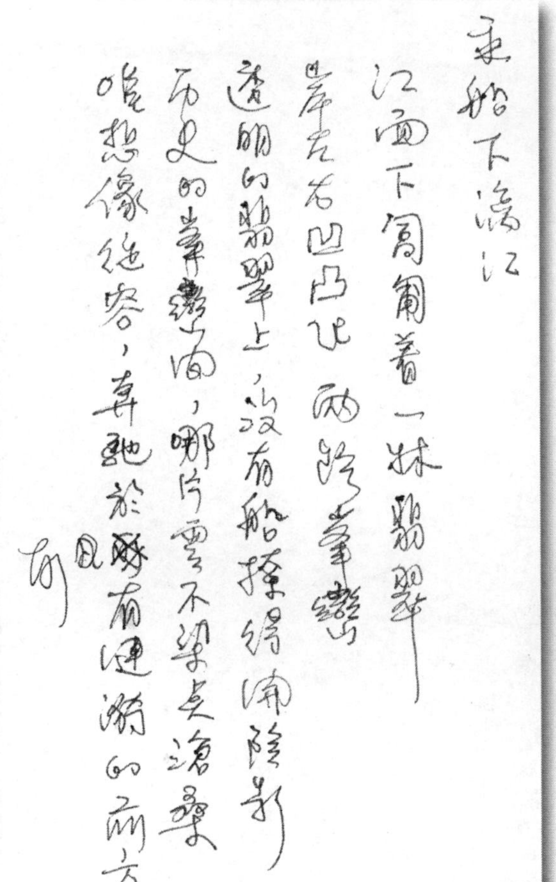

夜探寒山寺

一座廟在寒山的夢境中擱淺
幾條船從唐代的鐘聲裡漂出
月光推門，滿地竹影忽古忽新
失眠的鐘聲按捺不住，爬上古牆
寺外一匹引擎，朝深夜轟隆奔來

一九九一年

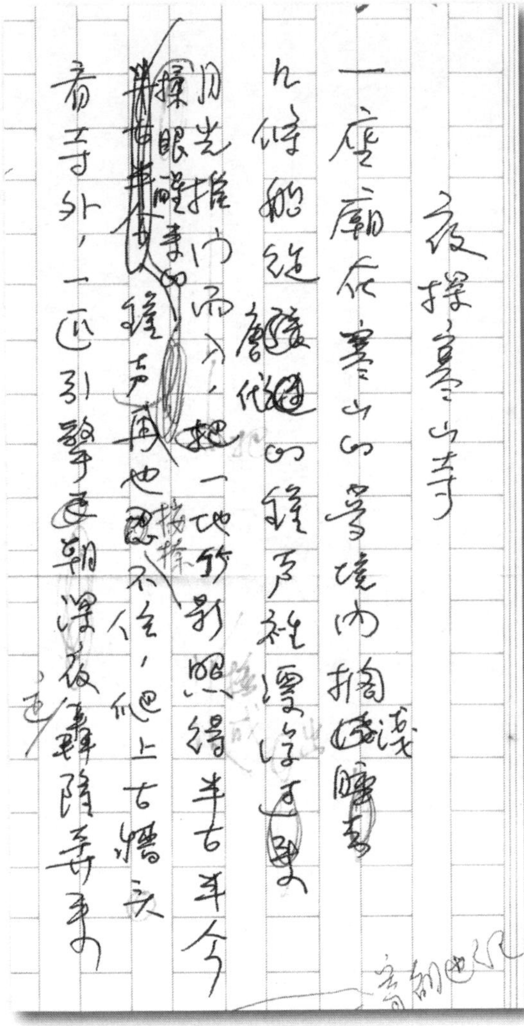

〈夜探寒山寺〉手稿

清明

你躺在那裏，養幾隻小蟲就能代代耳語著黃昏
身上長滿草，搖頭晃腦天天看落日哺乳山峰
紙煙滿山飄，會飛的究竟要靠會爬的來收拾
頭上有隻鷹，一瓣剪影在地面似薄而黑的異形
載夜色回城，車燈吻上長龍餐後猶飛不到家門

一九九四年

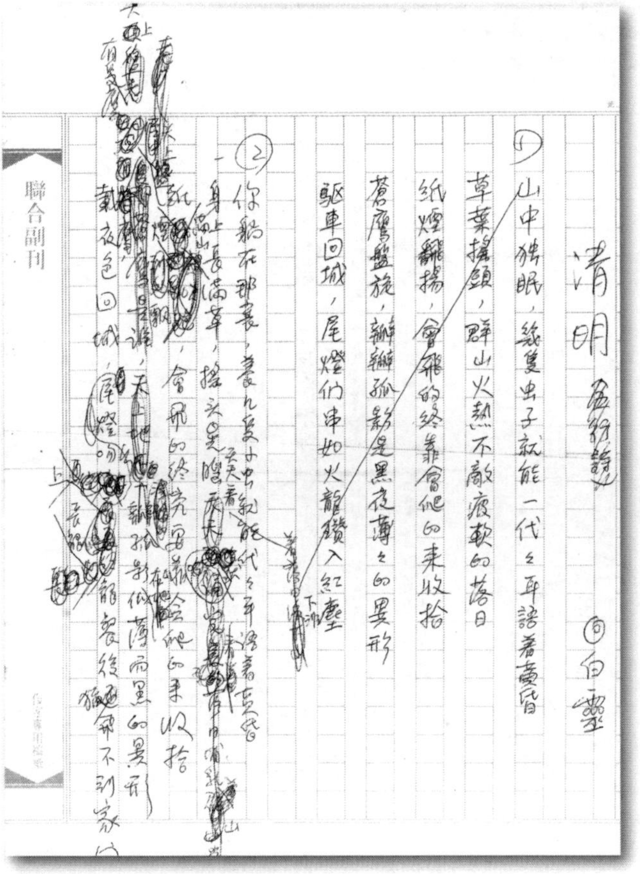

清明 五行詩

白靈

(1)

山中獨眠，幾隻蟲子就能一代々耳語着黃昏

草葉搖頭，野山火熱不敵疲軟的落日

紙煙翻揚，會飛的終靠會爬的來收拾

蒼鷹盤旋，瓣瓣孤影是黑夜薄々的異形

驅車回城，屋燈們串如火龍鑽入紅塵

〈清明〉手稿

黑鷹

無人看得清牠潛藏的慾望
一朵黑雲忽淺，忽深，在草原上方
詭譎如黑色的潛艇，巡航於天空
何故我竟成了灰兔？沒命地追逐
牠那襲——滿地飄忽的投影

一九九〇年

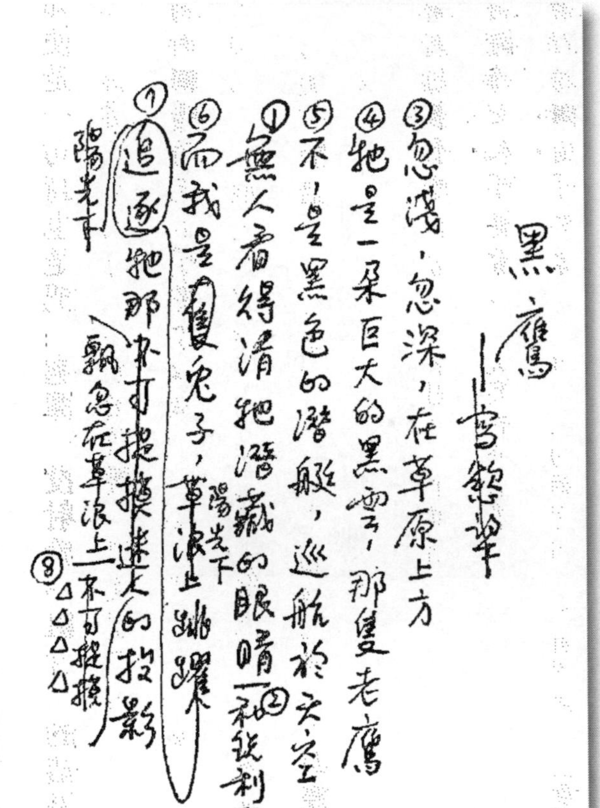

黑鷹

——[illegible]筆

③忽淺，忽深，在草原上方
④牠是一朵巨大的黑雲，那隻老鷹
⑤不，是黑色的潛艇，巡航於天空
①無人看得清牠潛藏的眼睛②和銳利的慾望
⑥而我是隻兔子，草浪上跳躍
陽光下
⑦追逐牠那不可捉摸迷人的投影
陽光下
飄忽在草浪上
⑧不可捉摸
△△△△

〈黑鷹〉手稿一

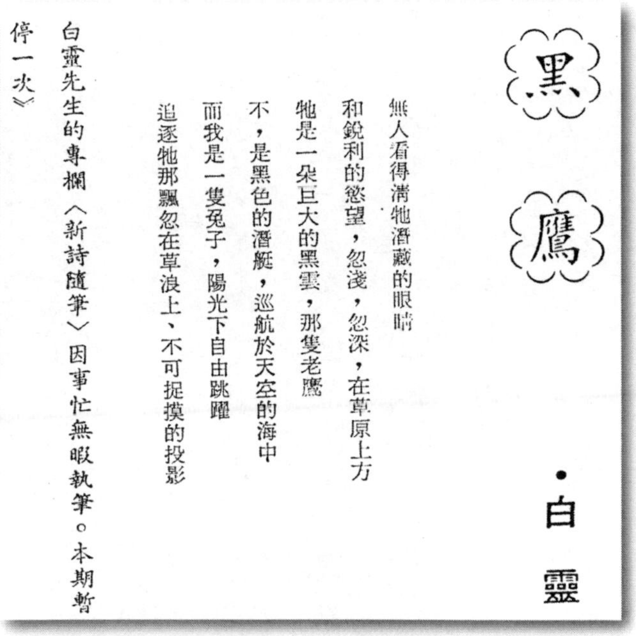

黑鷹

·白靈

無人看得清牠潛藏的眼睛
和銳利的慾望，忽淺，忽深，在草原上方
牠是一朵巨大的黑雲，那隻老鷹
不，是黑色的潛艇，巡航於天空的海中
而我是一隻兔子，陽光下自由跳躍
追逐牠那飄忽在草浪上、不可捉摸的投影

白靈先生的專欄〈新詩隨筆〉因事忙無暇執筆。本期暫停一次》

〈黑鷹〉發表稿

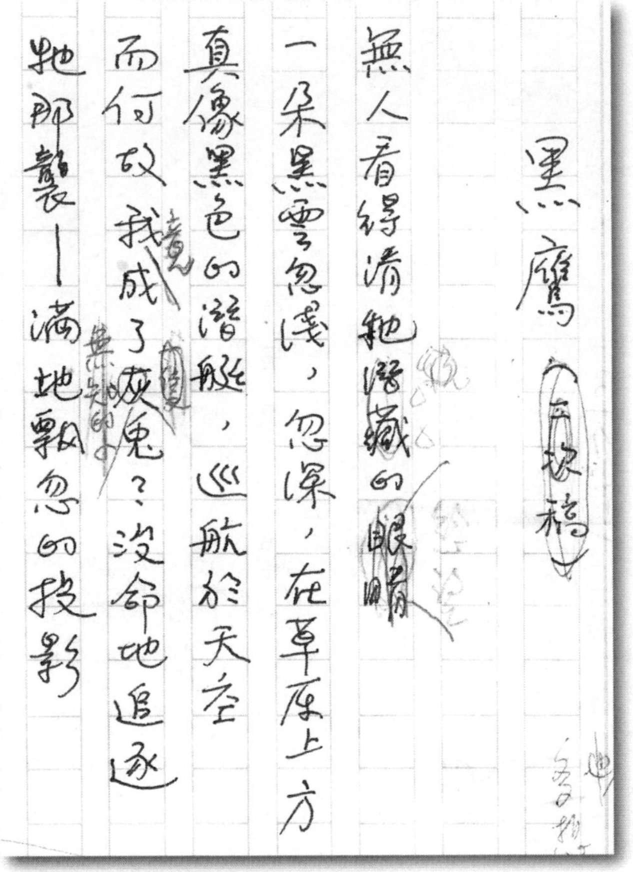

黑鷹（定稿）

無人看得清牠潛藏的眼睛
一朵黑雲忽淺，忽深，在草原上方
真像黑色的潛艇，巡航於天空
而何故我成了灰兔？沒命地追逐
牠那襲——滿地飄忽的投影

〈黑鷹〉發表後的重定稿

謁中山陵

向中國繳出了最末一口氣
長江仍日夜從他底兩耳，轟轟流出
八十載青史，不是龍蟠，便遭虎踞
智慧與主義依舊鐫在牆上走不出陵寢
每個字都斑斕成蝴蝶，掙扎著，想飛

一九九一年

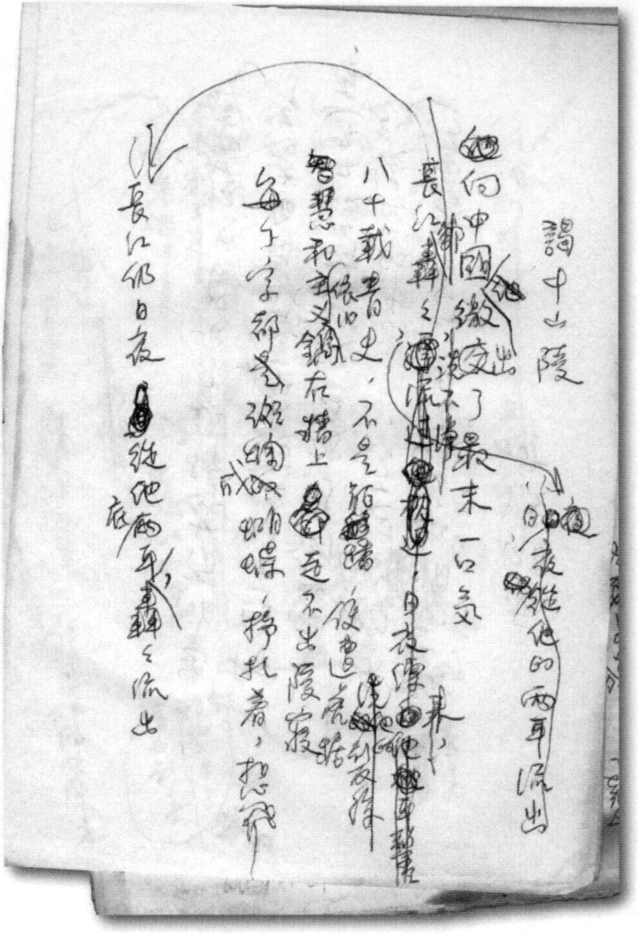

〈謁中山陵〉手稿

孤獨

孤獨是難以豢養的
搜刮來整座城，也餵牠不飽
你垂淚，跪求，牠的腰仍自你指間滑走
你轉身欲飛，牠偏偏又來影子你

輾轉不休，像終究難以馴服的情人

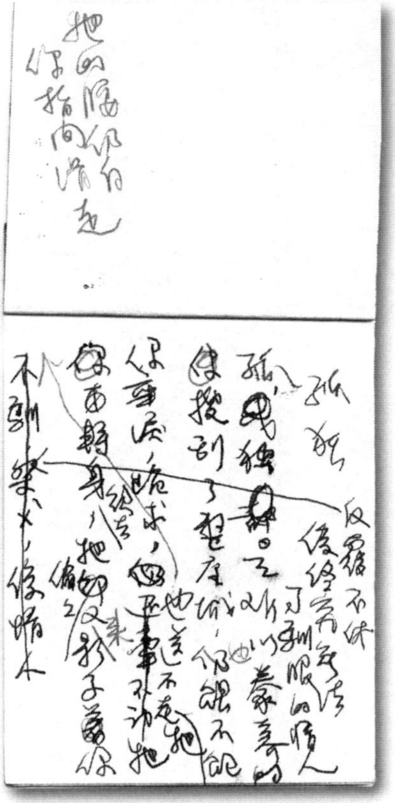

〈孤獨〉手稿

手抄本

——西安所見

一定有一隻手，被一管小楷緊緊握住
一定有一雙眼眸，在筆尖的軟柔中起舞
一定有一盞油燈，輕輕吟哦著搔首的書生
一定有一間茅屋，屏氣凝神，抵擋住戰火
一定有一座古代的小城，悄悄悄悄化作齏粉

一九九三年

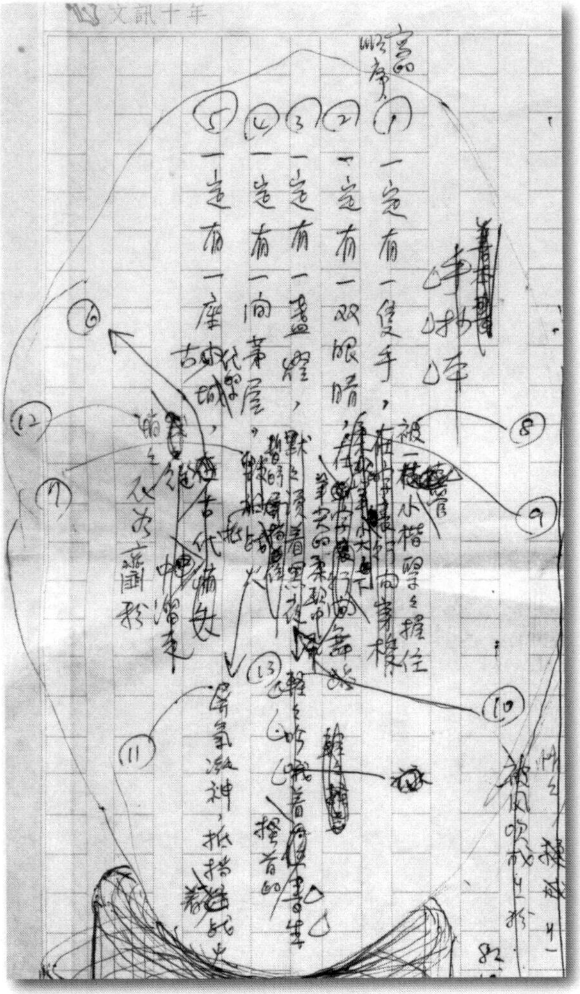

〈手抄本〉手稿

就在距離世界不遠的地方

就在距離世界不遠的地方
一隻小白蝶剛剛飛越窗口
又飛回，現在與過去的兩條蝶影
就這麼先後飛入屋內，把一切掃瞄完畢
打了個結，飛走

卷二

一朵白雲抹亮了湖心

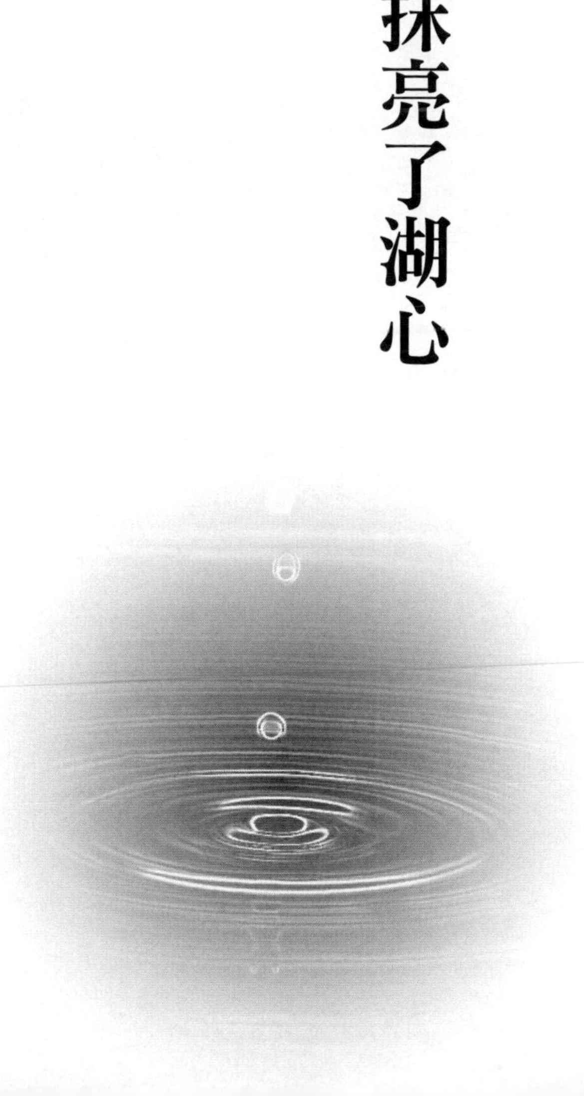

子夜城

黃燈前煞車，蹲在前面這座城市如睏極的巨獸
紅燈中小盹，夢見街上到處是被綁住的螢火蟲
紅燈中醒來，那頭巨獸打哈欠露出誘人的金牙
綠燈時加速，衝進去才瞥清金牙盡是光的神話
一火螢竄出，救護車正飛速趕去搗住神話的傷口

一九九四年

蝴蝶

扇我，扇我，百花們香汗淋漓地喊著
誤闖的蝴蝶愣了愣，當起小扇子來
扇扇東，扇扇西，扇扇南，扇扇北
扇得好累，細枝上歇著，抖抖扇面的香氣
趁花朵們不注意，翻出籬牆去

魚鷹

——灘江所見

水中飛行的魅影，筏上濕淋淋的大鳥
張開巨嘴，吞進的魚群整江地嘔出
幾世紀的慾望啊被誰底頸繩箍住
被一條筏，被一根長篙，而長篙
緊握著一個壯族人，正奮力，想撐開灘江

一九九一年

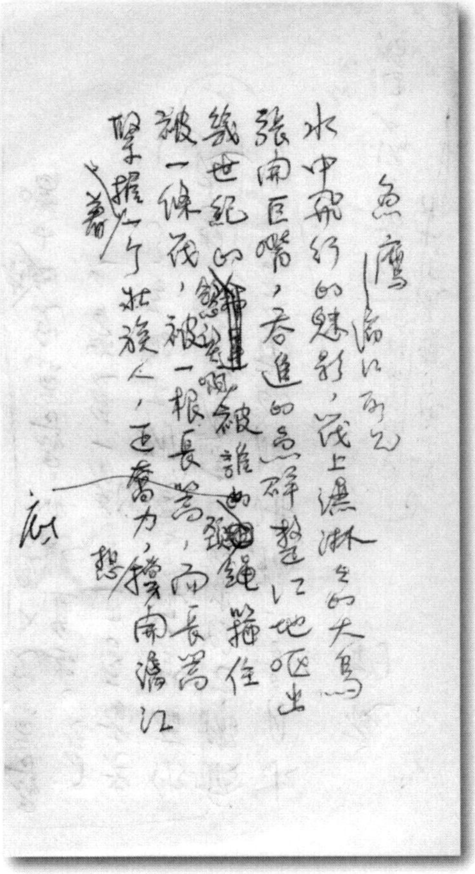

〈魚鷹〉手稿

借個火

還有什麼比煙更纖細的
那麼多髮　萌發於瞬間
非常化學的物理
如糾纏十分鐘的愛
如一隻蠶囁嚅吐出的　禪

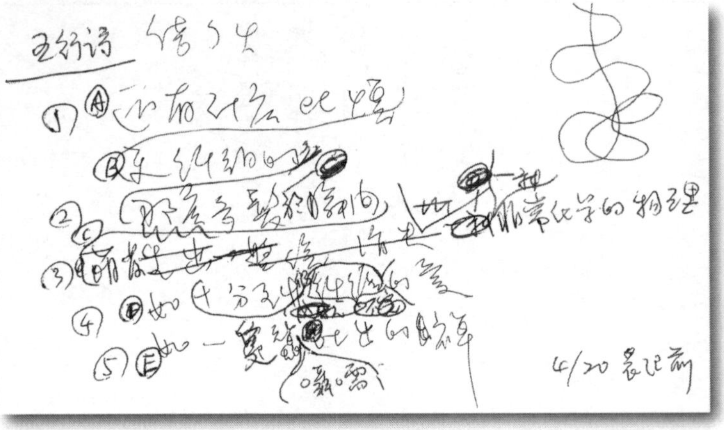

〈借個火〉手稿

一朵白雲抹亮了湖心

一朵白雲抹亮了湖心
奮翅游泳過去幾隻鳥影
鳥的叫聲使整座湖淺淺
淺淺的地震，群山坐不住
醉態之姿一隻隻倒頭栽入了

燭台

竹林在狂風中甩著滿頭亂髮
幽靈踢起落葉尋找自己的腳印
整座山只有窗台上那根紅蠟燭
眨也不眨眼，驚訝於黑暗中
玻璃窗上一個亮麗、惹火的身影

一九八六年

颱風 I

螢光幕上幽浮來又幽浮走的，是個壞球
下墜球會到香港，上飄球則入蘇杭
當門窗都被吹成口哨，螺旋早把台灣捲入瘋狂
沒有一棵樹挺腰揮棒，茫茫大海中誰是投手
衛星揉眼看，小心！又一顆變化球側身投出

一九九〇年

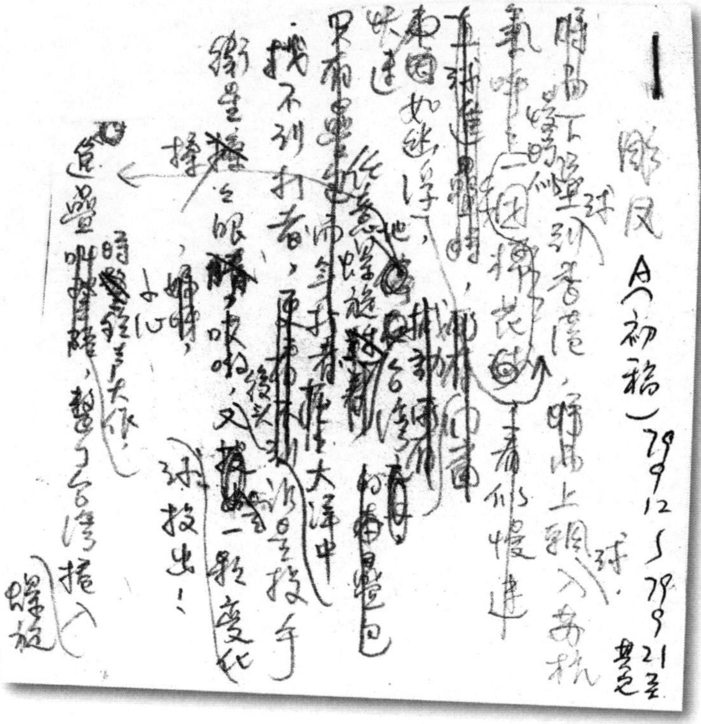

〈颱風〉I手稿一

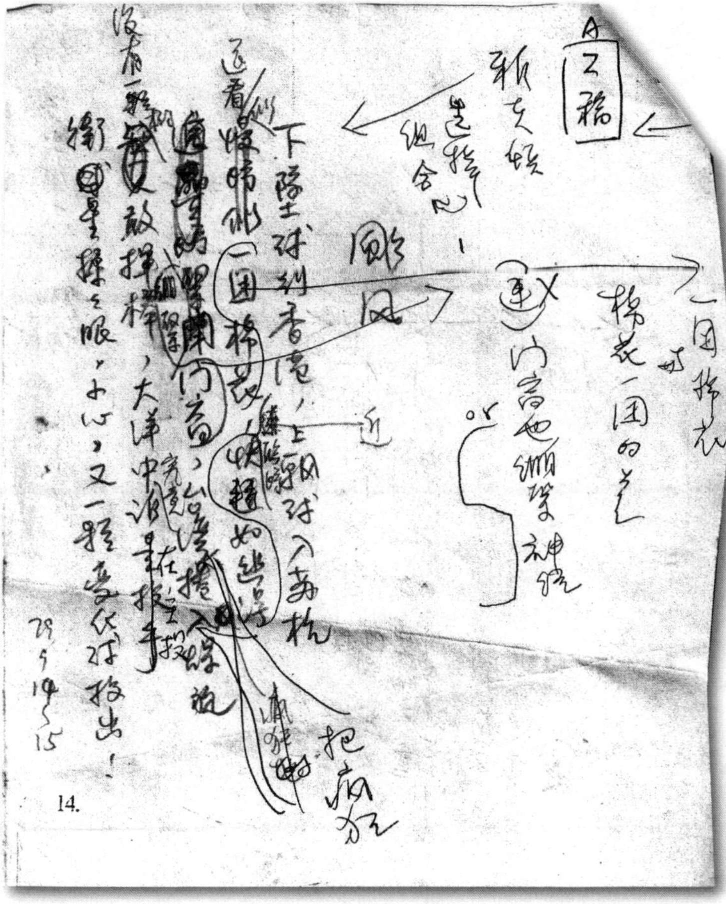

〈颱風〉I 手稿二

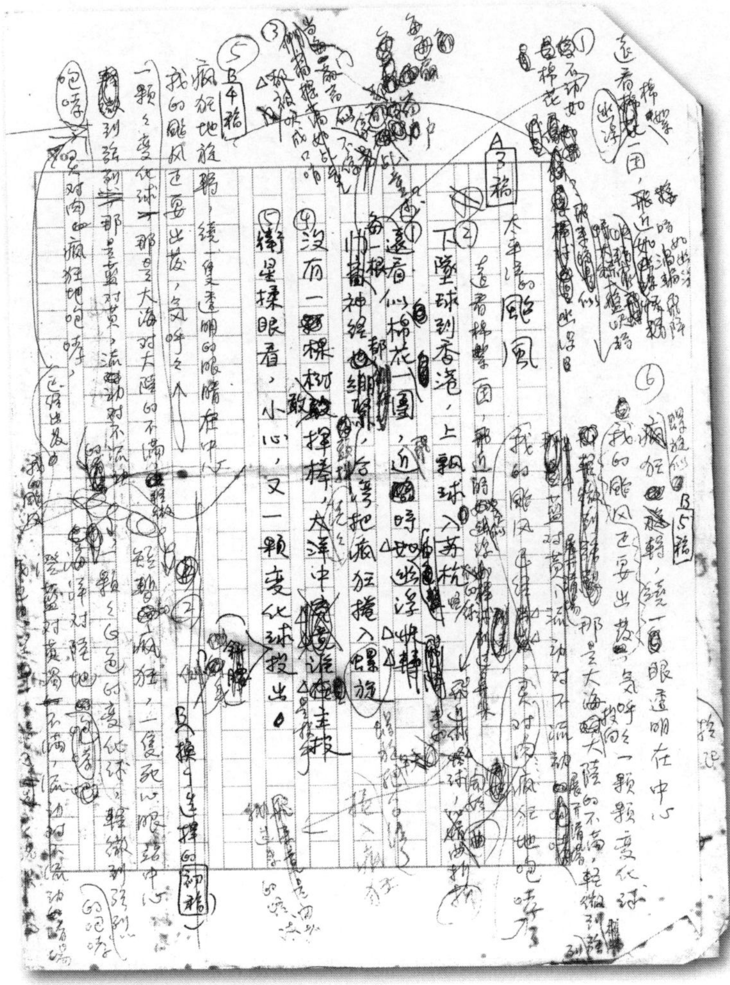

〈颱風〉I 手稿三及〈颱風〉II 手稿一、四與五

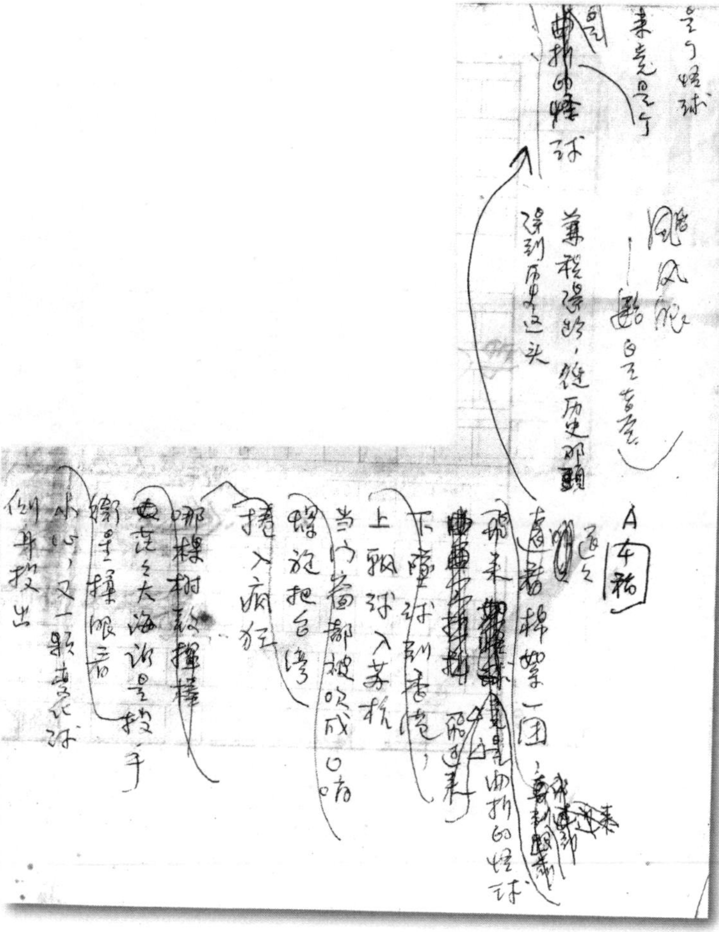

〈颱風〉I 手稿四

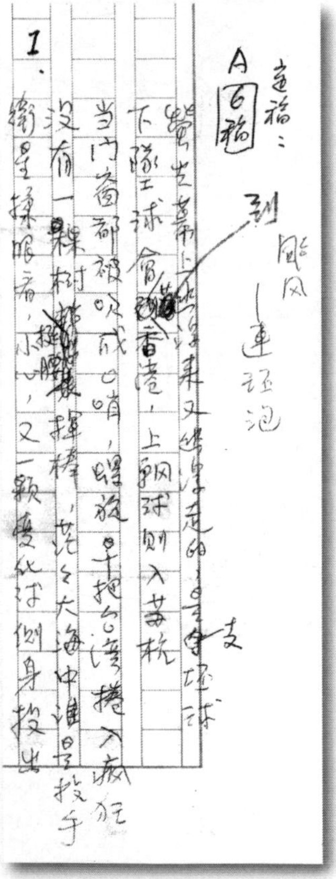

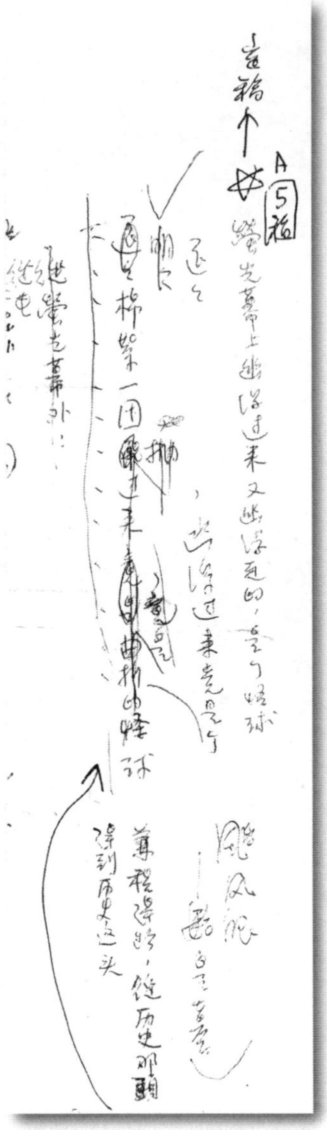

〈颱風〉I 手稿五及六

颱風 II

把六百公里的風雨摟成一球，海要遠征
狂飆的中心藏著慈祥透明的眼睛
愛要孔武有力，總是摟著恨，不懈千里
狠狠一擊，大海對大陸，流動對不流動
靈對肉，千軍萬馬地咆哮、踐踏……

一九九〇年

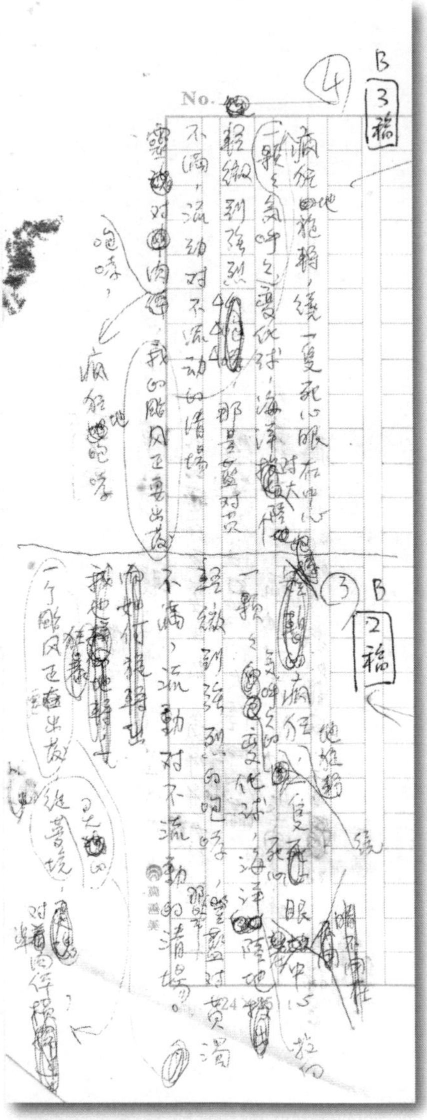

〈颱風〉II 手稿二及三

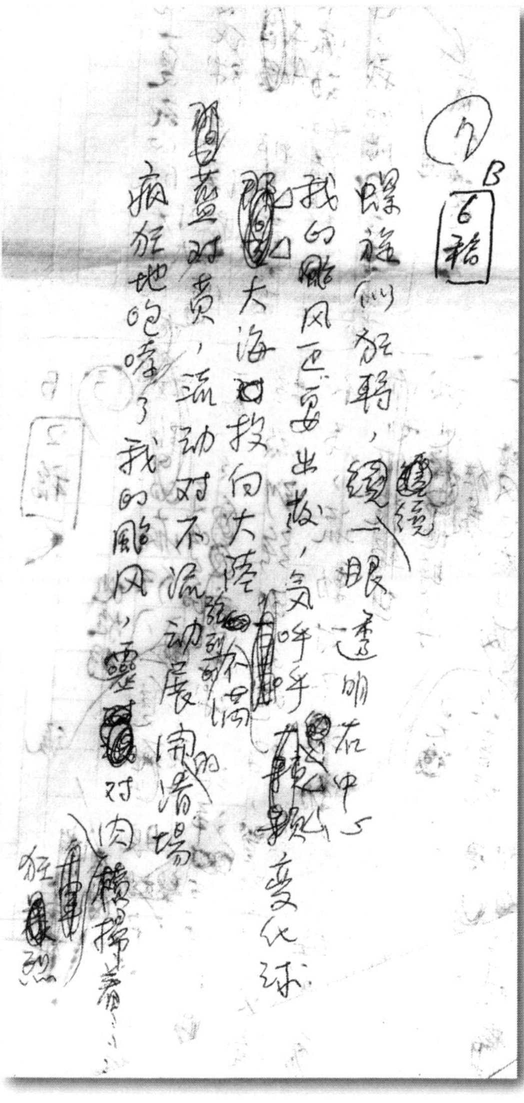

〈颱風〉II 手稿六

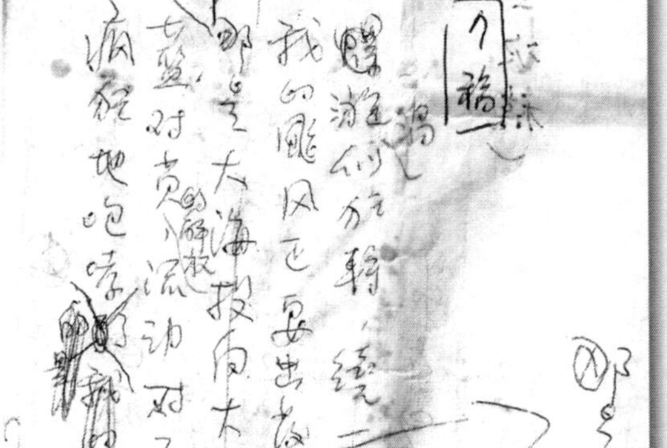

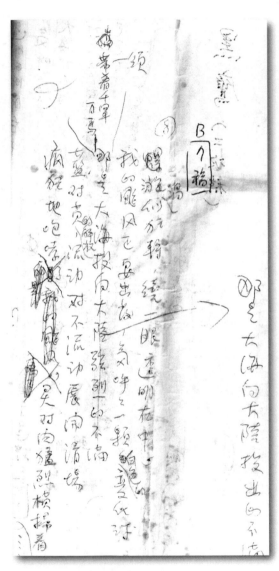

〈颱風〉II 手稿七

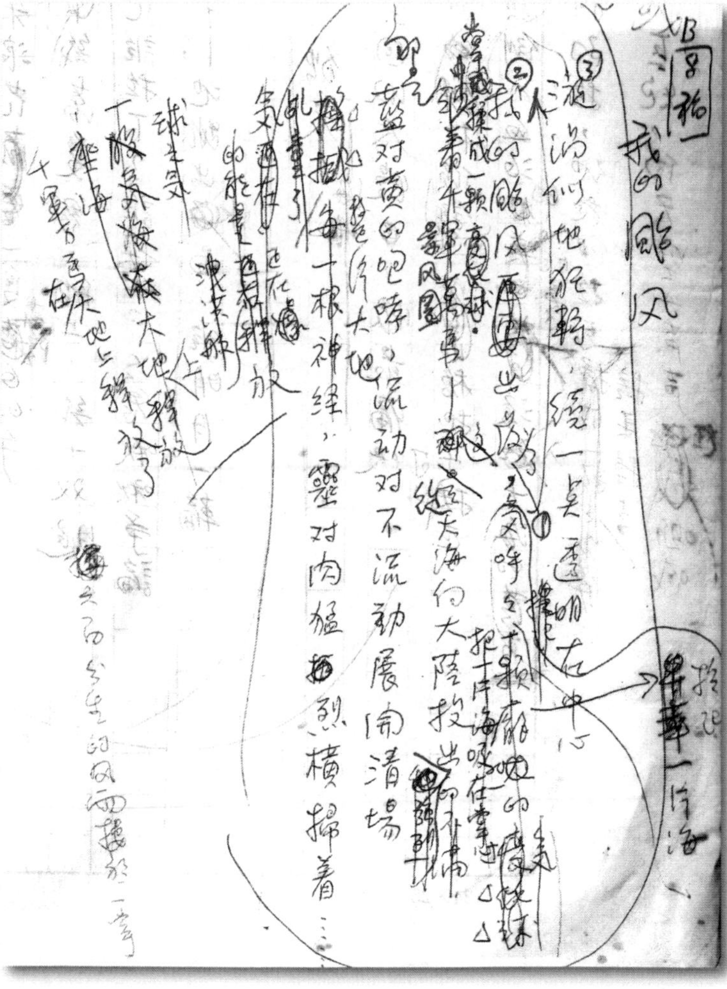

〈颱風〉II 手稿八

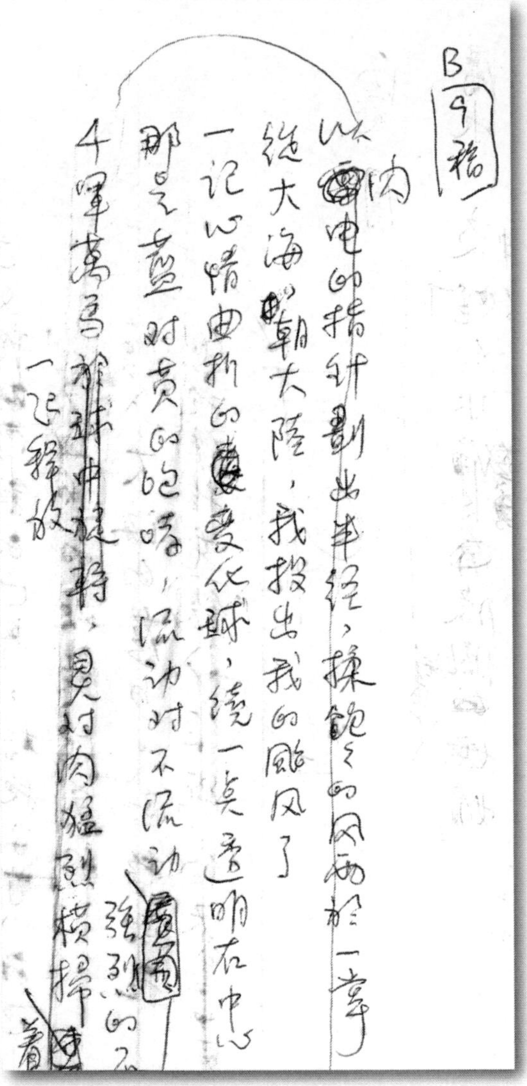

B 手稿

以閃電的指針劃出半徑，揉飽了的風雨於一掌內
從大海，朝大陸，我拔出我的颱風了
一記心情曲折的變化球，繞一點透明在中心
那是藍對黃的咆哮，流動對不流動
強烈的不
千軍萬馬於中提將，是對肉猛烈橫掃
一飛躍放
着

〈颱風〉II 手稿九

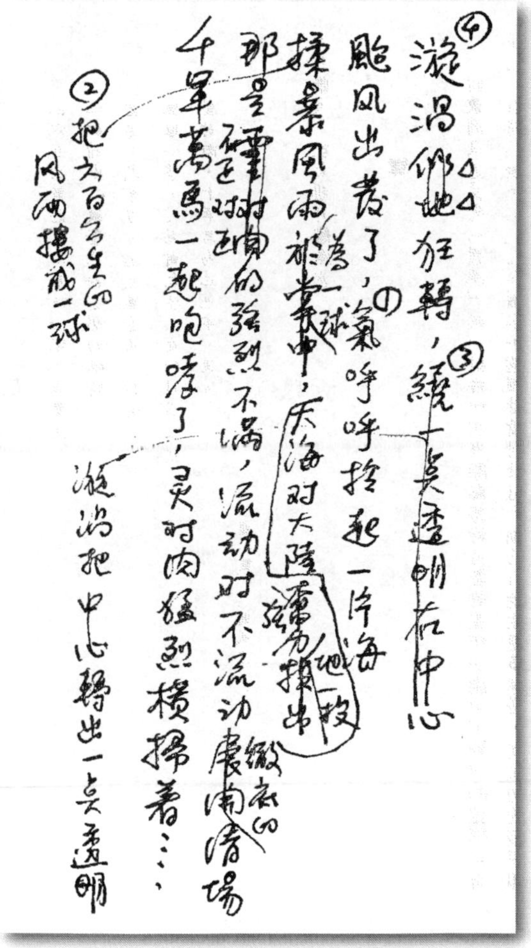

〈颱風〉II 手稿十

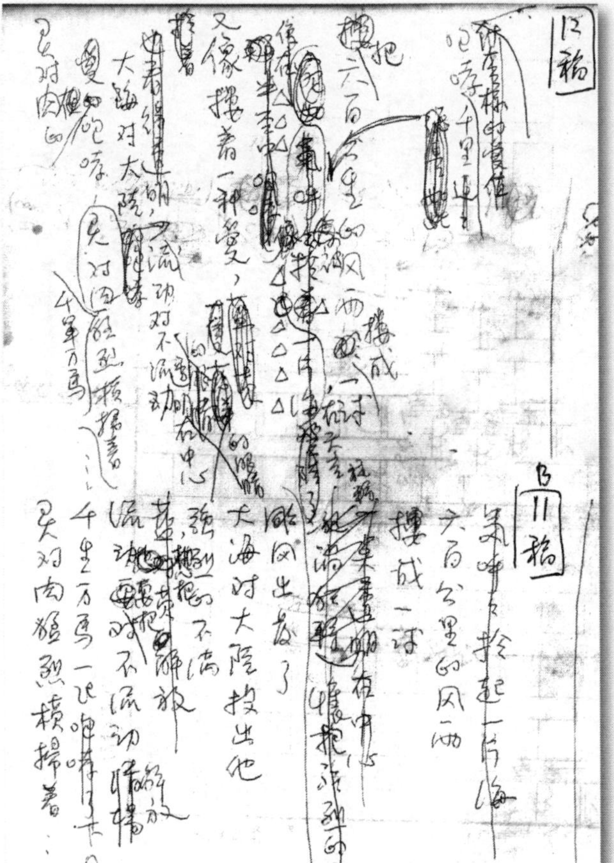

〈颱風〉II 手稿十一及十二

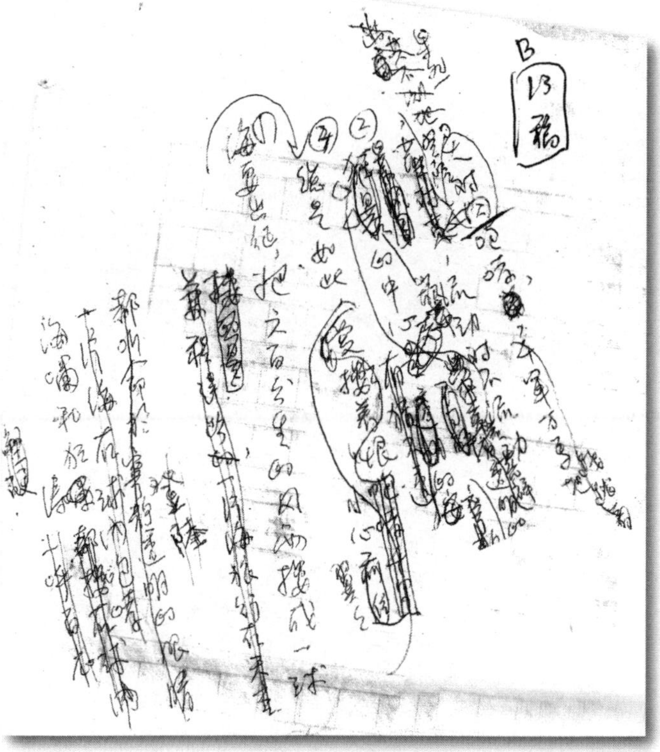

〈颱風〉II 手稿十三

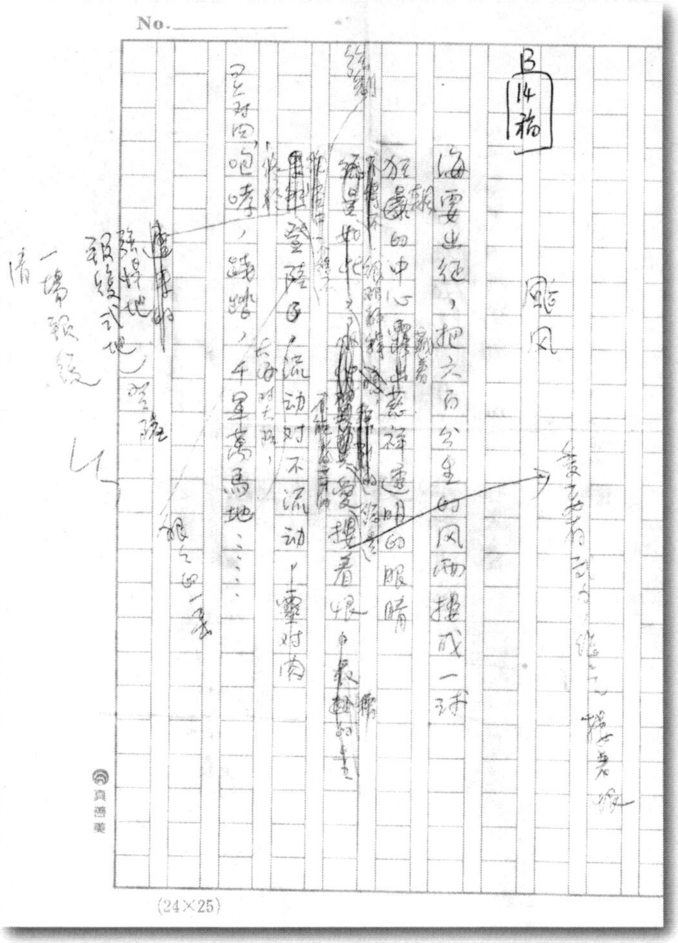

B 14稿

颱风

海要出征，把六百公里的风雨提成一球

狂飙的中心露出慈祥透明的眼睛

〈颱風〉II 手稿十四

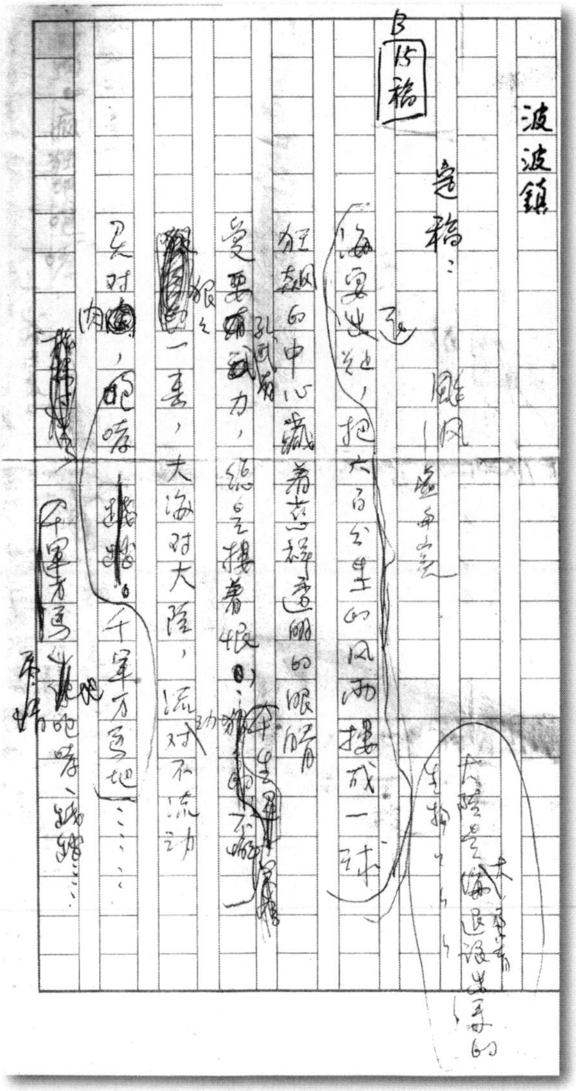

〈颱風〉II 手稿十五

獨夫

——海珊

愛的回收太慢，恨最痛快
正義佝僂的世界，槍把子可以扶正
倒入血泊的頭顱，比美於
滾入大海的落日。阿拉阿拉
他把伊拉克餵入巨炮，向天空聲聲嘶喊

一九九〇年

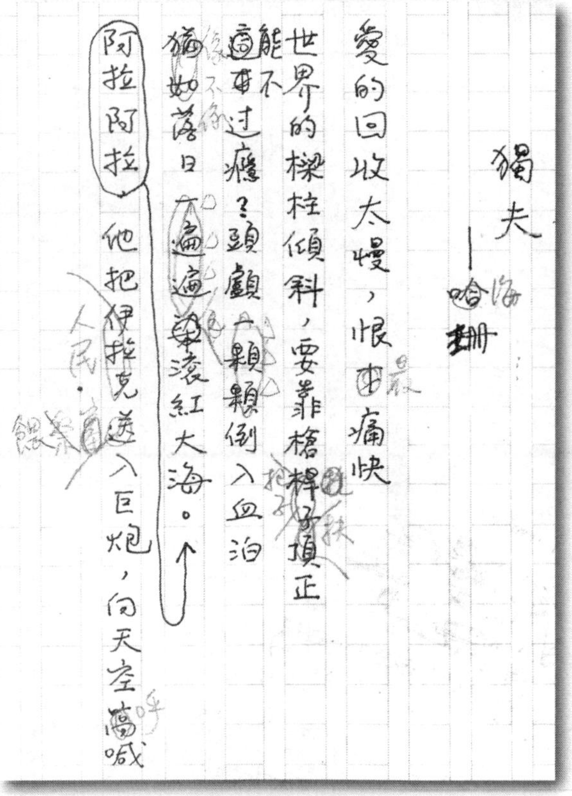
獨夫
——哈珊
愛的回收太慢，恨由痛快
世界的樑柱傾斜，要靠槍桿子頂正
能不過癮？頭顱一顆顆倒入血泊
猶如落日一遍遍滾紅大海。
阿拉阿拉
他把伊拉克送入巨炮，向天空高喊

〈獨夫〉手稿一

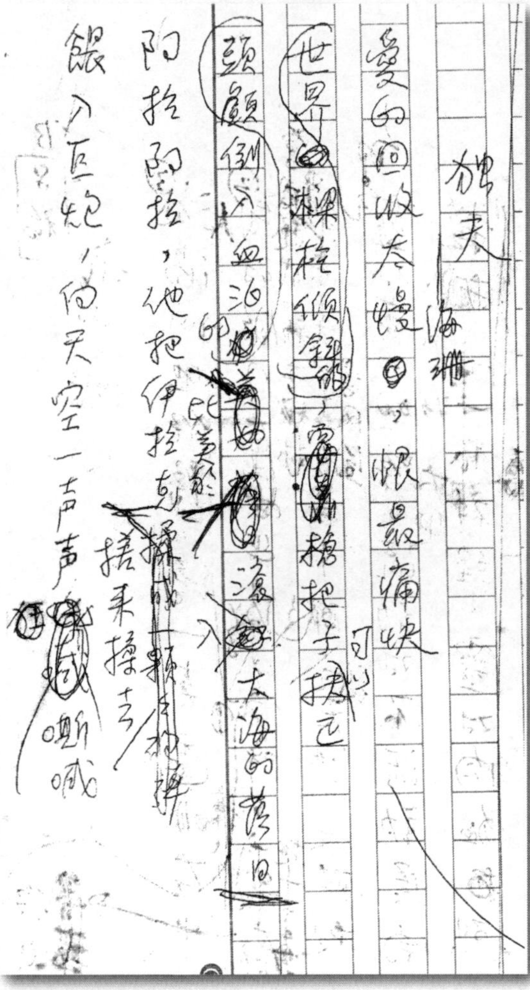

〈獨夫〉手稿二

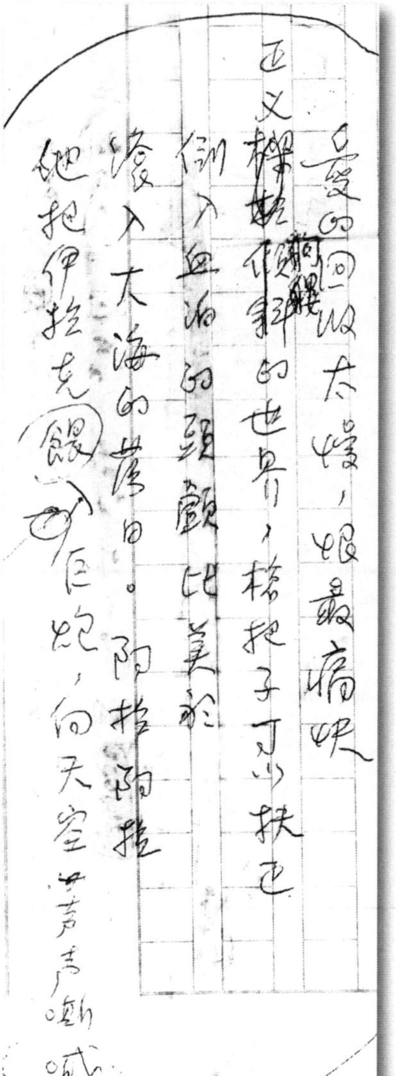

〈獨夫〉手稿三

意志

戰士們鴉雀無聲
齊聚於火光沖天的殿堂
在神前獻上割下的耳朵，和腳
繼之以灼烤後的心肝
那無以名之而歷史上稱之為「詩」的東西……

一九九六年

燈籠

幾聲梆子敲沉了整座村落
已闔眼的世界在狗吠聲中翻身
一隻失眠的青蛙凸眼滴溜溜轉
池上一個燈籠，池底一個燈籠
敲更人提著一個晃動的夢境

一九八六年

湖邊山寺聞鐘聲

心事懸而未決
晚鐘就響了
風拂過湖面
那細細的漣漪
想是鐘聲步行的痕跡了

二〇一〇年定稿

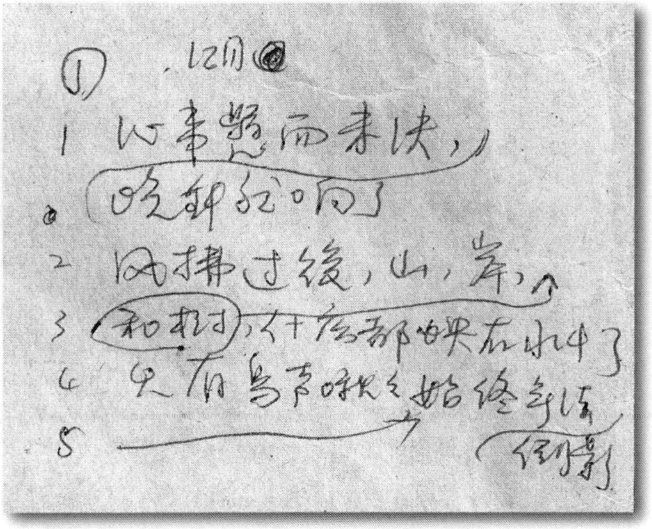

〈湖邊山寺聞鐘聲〉手稿一

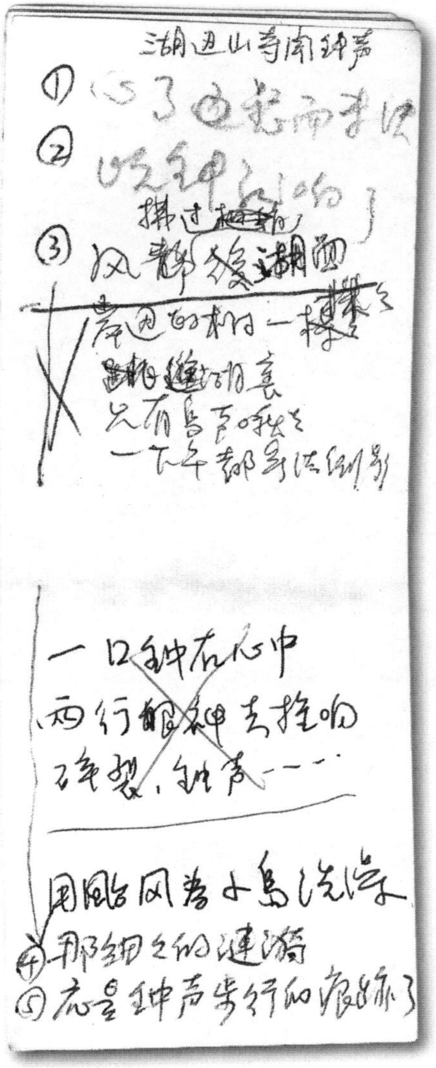

〈湖邊山寺聞鐘聲〉手稿二

億載金城

億載雄心竟嚥不下一座金城
逃不走的牆圍住一方歷史
難纏的西潮背手遠去了嗎
陰霾百年，誰能從我胸口移開
鎖入鏡頭，仍是睡不著的永恆

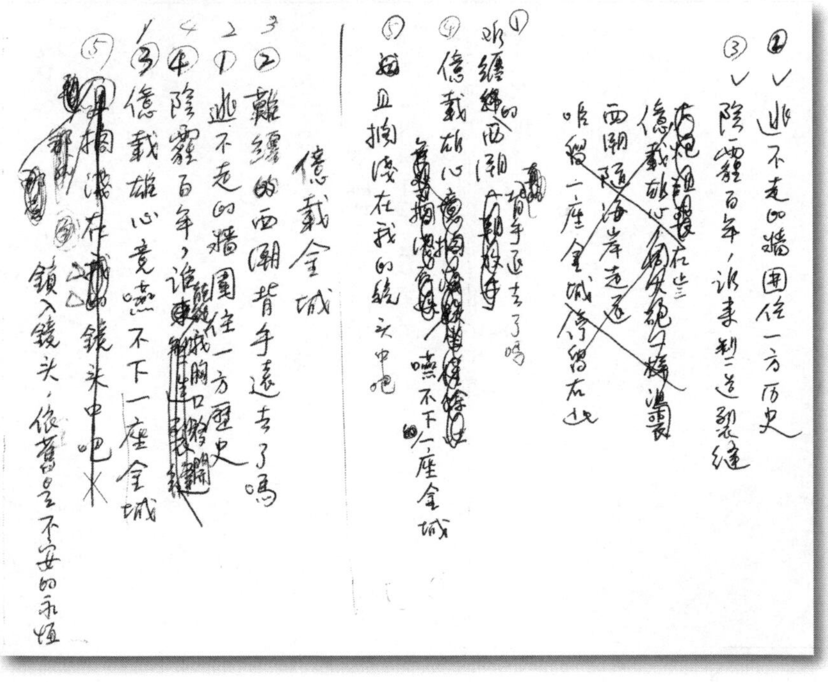

〈億載金城〉手稿一

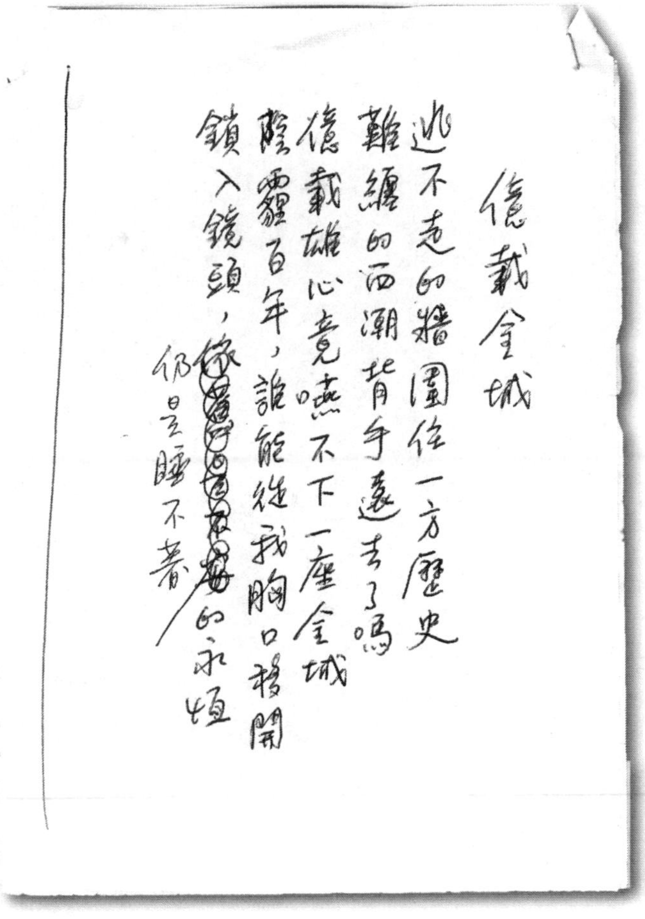

億載金城

逃不走的牆圍住一方歷史
難纏的西潮背手遠去了嗎
億載雄心竟噎不下一座金城
陰霾百年，誰能從我胸口移開
鎖入鏡頭，像[illegible]的永恆
仍是睡不著

〈億載金城〉手稿二

午院

陽光的金鐘子把下午的寂寞
挖成一口古井
鐘聲淙淙淙淹沒小院
午睡的枝影珊瑚般醒轉
飛起的蝴蝶魚鰭似搖搖擺擺

秋日

收集了一整季夏
大地突地把掌中樹葉一次放　鬆
赤裸的樹不得不劍拔弩張了
落日忘了帶降落傘
——重重地插入枝椏

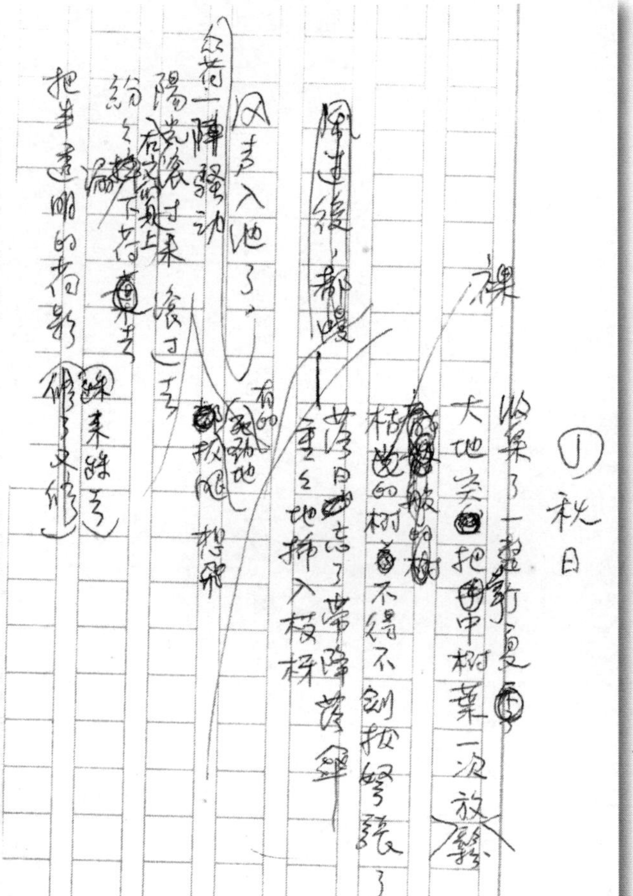

〈秋日〉手稿

紅荷

——憶遊西湖有贈

提著一壺霧　澆在西湖的早晨上
微風順手一推　紛紛從荷葉的高樓瀉下
那漢子癡癡的眼神　唉　比杭州人
還杭州　剛打開的那朵紅荷完美得
不勞你摘　自己從湖面　跳入你懷

倒影

等了一下午
山，岸，和樹
什麼都鏡入水中了
只有鳥聲啾啾啾
埋怨着：無法倒影無法倒影

二〇一〇年定稿

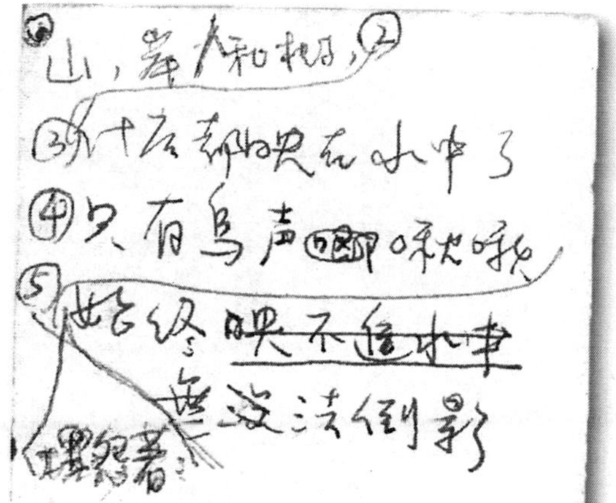

〈倒影〉手稿

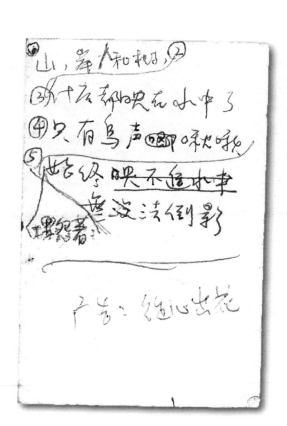

兵馬俑

星球爆燬後，光芒猶在飛行
穿越時空，也將刺穿你我的瞳孔
此刻正稍息，不妨回頭
看那趾高氣昂的
怎樣從龍榻上墜落

一九九一年

松江詩園所見

地上深深地刻著我的詩
他們用腳印用影子閱讀
他們在我的詩上跳舞
我的詩忽明忽暗，震動且讚嘆

或四面或八方去了那些沾了我的詩的影子

迷你裙

春天把雪線
捲得很高
而絕白
仍隱在雪線之上
只有春風偷吻得到

一九九〇年

泡茶

四五茶杯圍著大肚子茶壺
閒閒地吐著我們帶茶香的口氣
連笑意都胖起來，才開口
就泊泊泊簇擁著水聲注入
而蒸騰的煙正解開茶葉裡的陽光

二〇一〇年定稿

卷三
水因魚而自由

流星雨

一顆流星能劃亮地上多少雙眼睛？
這世間還有更壯烈的火鳥嗎？
燃燒到最後，飛成輕煙一陣
但誰能明白，流星的心寂寞如
地球，都渴望被燙傷

貓 I

喵的一長聲
黑黢黢的城
空出千條巷弄
伸出萬條喉嚨
一起叫：春天

貓 II

永遠兩歲
永遠的詩
永遠滑柔
永遠俐落
藏得深深 爪

詩脫稿後

被一雙手苦苦追趕的琴鍵
在昏迷的敲擊中感覺被吻
遭陽光燙傷的霧拚命朝陽光飛去
龍捲風一過，豐厚的泥土空白著
禁不起，唉仍禁不起一顆種子輕輕的　降落

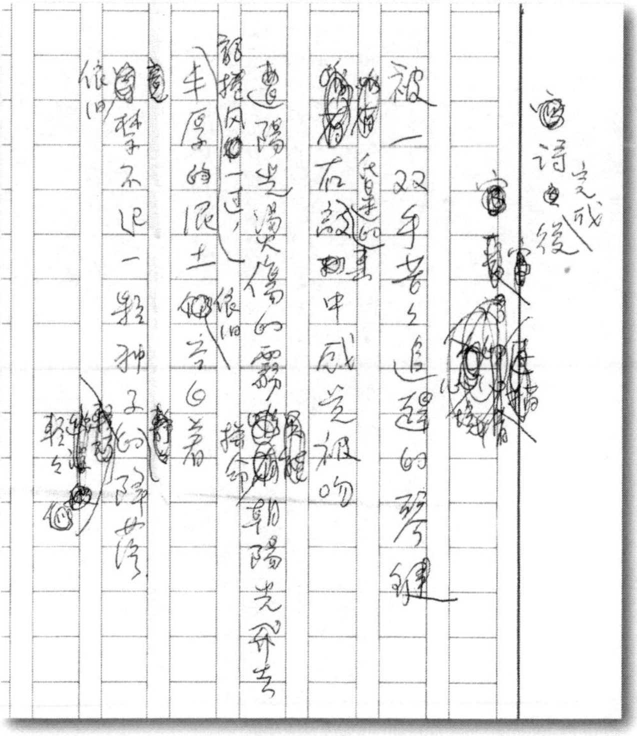

〈詩脫稿後〉手稿

鷹

在無人可及的峰巒之巔
為你貯好一潭靜謐的天池
峰峰挺拔的倒影，盡不如你輕盈地
一飛，帶領天池進入藍空的深邃中
並與我潛游的魚兒啊，以光影驚嘆地相遇

躺下來的列寧像
——莫斯科所見

常常想起用指尖勾住一朵雲
來洗手的日子
如今是一株被放倒的神木
鼻尖猶在，只是上面站著一隻
雙腳正輪流抓癢的鴿子

拎

得拎起幾個詩人
才夠拎起這時代飛到未來？
放在誰的心頭？解開什麼？
但纔一個早晨，幾隻小蝴蝶
就拎起了整座花園，飛走

影子

——台灣的奧薩瑪・賓拉登

誰能叫蒼鷹拆下翅膀
獅子卸下爪牙
那人走進每一歲月，都設法
在地面埋下一池池影子
翼翼如埋下居心叵測的，黑洞

蓮

蓮睡在心中，就是一尊佛了
小和尚打坐醒來
取下胸口那朵蓮
縱身跳上枝梗頂端，雙掌合
十，便闔起了一朵蓮花

水因魚而自由

魚是水想轉動的眼睛吧
一條魚像一顆　星　游　來
從不在同一位置停留
運動的魚群即
運轉的星系了

觀世音

法喜拈在指上
智慧倒入人間
香　離花而飛
笑　離容顏而去
越淡　越莊嚴

石

幾億年一塊石頭
幾天一朵花
幾秒鐘一樹蔭
一隻蟑螂走來，坐在石上
下了一窩蛋後走了

一九九六年

蝶

蝴蝶站在一朵花上
待會兒就不在了
一俯一仰，忽西忽東
花朵看不慣
猛地闔上花瓣

老者

一路走上來的足印，與心之凹凸
都一一交給遠方去收藏
山一座座大踏步向前
踩熄了來時路的隱隱殘光
立在山頭，他打了個講究的呵欠

唇與雲

翻動一下午的雲
才找到一朵
最像你的唇
再長的思念都搆不著
讓它懸著吧　看風來回捏揉

一九九六年

笑的雲朵

你的笑是雲朵
自你臉頰上飄出
飄向我　撞到我
包圍了我的臉頰
我的笑也醒來，甜成雲朵

鬼月

鬼屬水，夜下的水偏偏朦朧嫵媚
一朵浪花伸出一隻森白的手
船上，幾十雙腿，之下，幾萬隻鬼
該把誰拉下？誰換上？眾鬼啾啾爭論
蹦——地跳出水面，唯明月一輪

一九九〇年

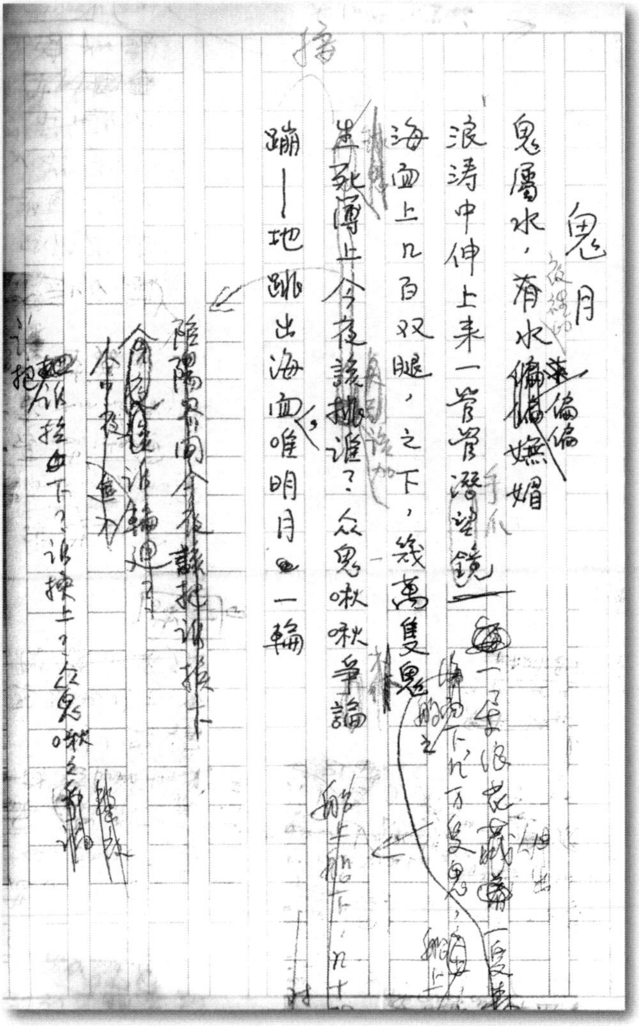

〈鬼月〉手稿一

〈鬼月〉手稿二

掌紋

陽光、風雪，哭和笑
興高采烈地坐進小船，一艘艘
航入運著命的浪濤裏
不論划多遠，總有幾座山遠遠地
伸出雲端，隱約似如來佛的手指頭

湖

最後一圈漣漪將爬上你的岸邊
再不會有石子投入湖中了
雨的流蘇下到半途都化散成霧
落日以一輪霞光，天上湖上
正經營一場冷靜而燦爛的對話

渴

愛的乾渴
唇知道
太陽之乾渴
沙漠
應回掌人仙出伸

一九九六年

卷四

論寶特瓶是漂浮的地球見寶特瓶未見水庫說

甦醒

廣闊無窮的風
只因一面旗，奔騰的旗
從絕望中甦醒

圍一尊神般
風圍著旗，歡叫，嘶喊……

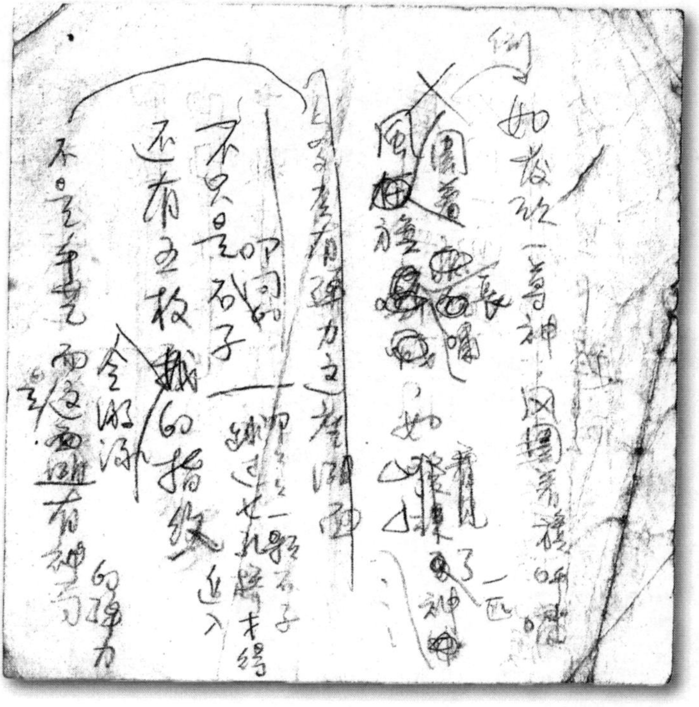

〈甦醒〉手稿一

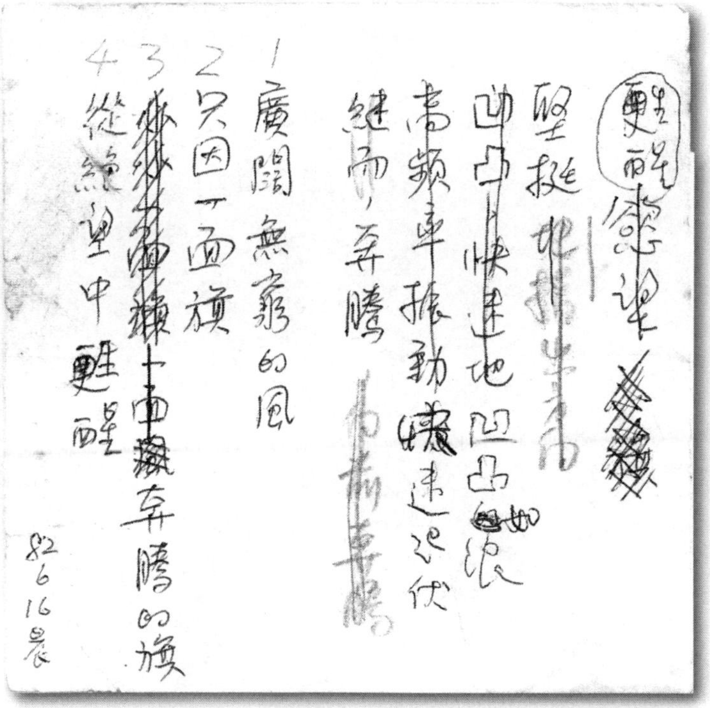
甦醒
凹凸快速地凹凸如浪
高頻率振動起伏
繼而，奔騰
1 廣闊無窮的風
2 只因一面旗
3 十面奔騰的旗
4 從絕望中甦醒
82
6
16
晨

〈甦醒〉手稿二

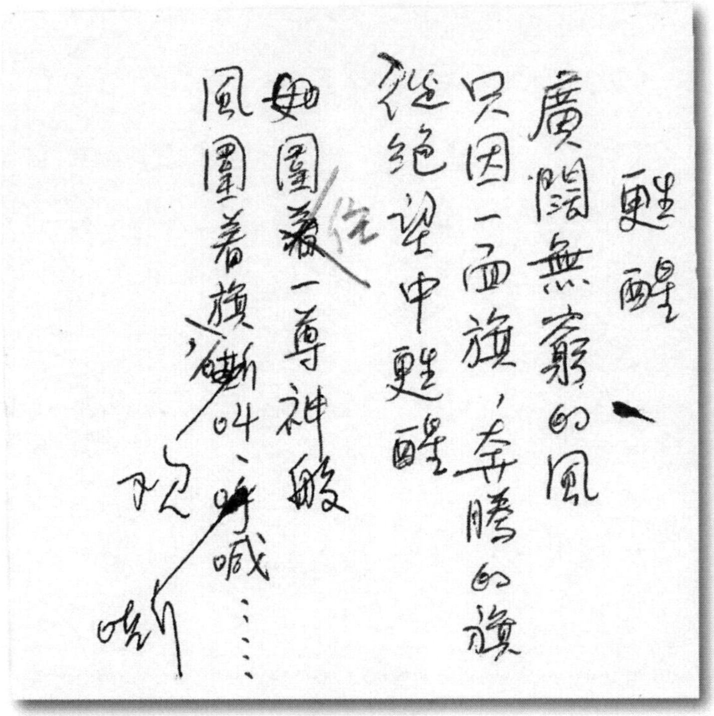

〈甦醒〉手稿三

痛

對你，那的確是個腳印而已
踩下再拔起，不過完成於瞬間
對我，那可是故事的全部
夢土震動著
被推擠的餘生一波波——坼裂地痛

一九九六年

登八達嶺

伸手幾乎抓得到嶺外的一隻老鷹
若在夜晚，流星會滑草，從險坡滑入北京
氣候的一條橫隔膜曾纏住戰爭，曾上下呼吸
青草啃光了誰底白骨，風聲撕爛了旗的紛爭
而今是幾隻黑鷹以投影，在旅客身上巡邏

一九九一年

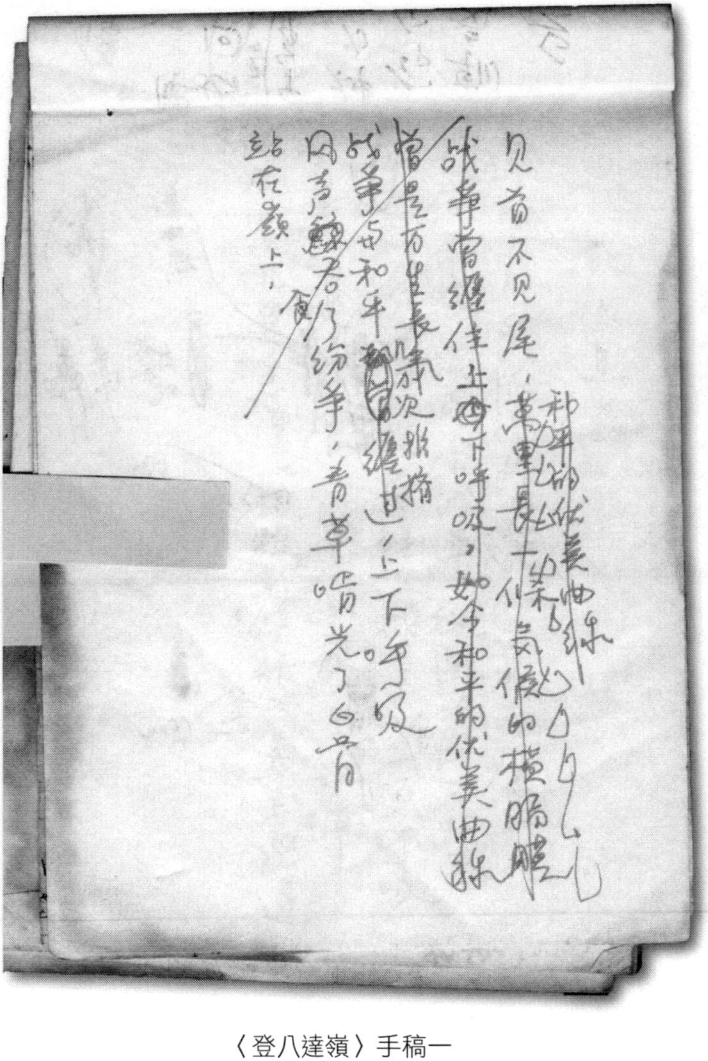

〈登八達嶺〉手稿一

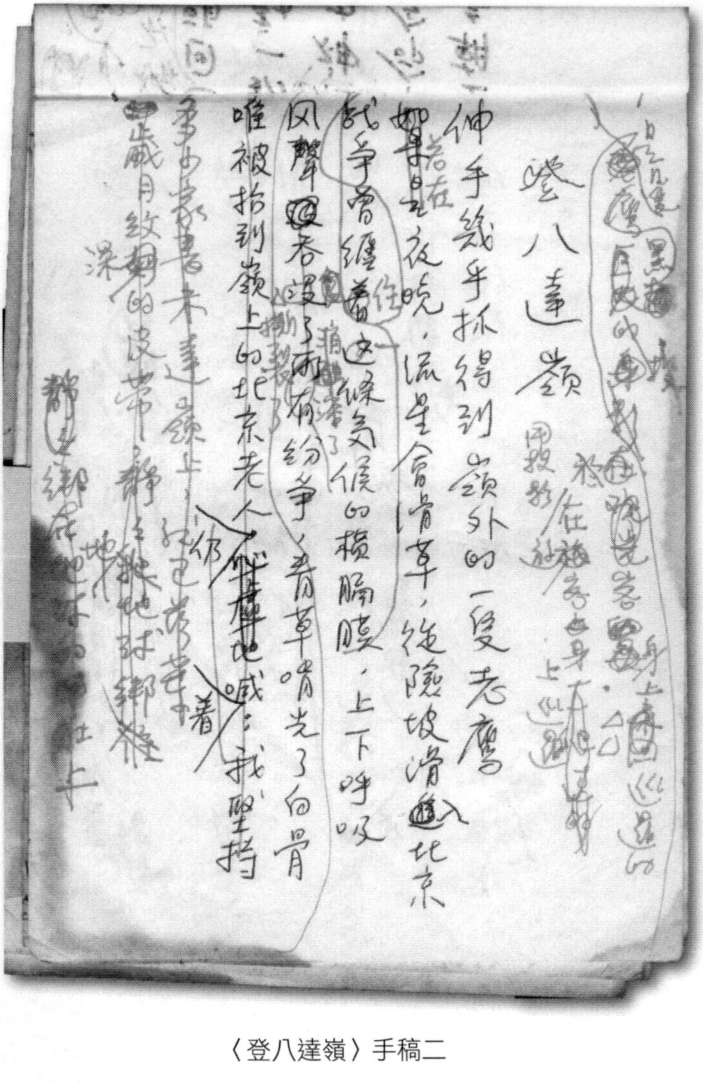

〈登八達嶺〉手稿二

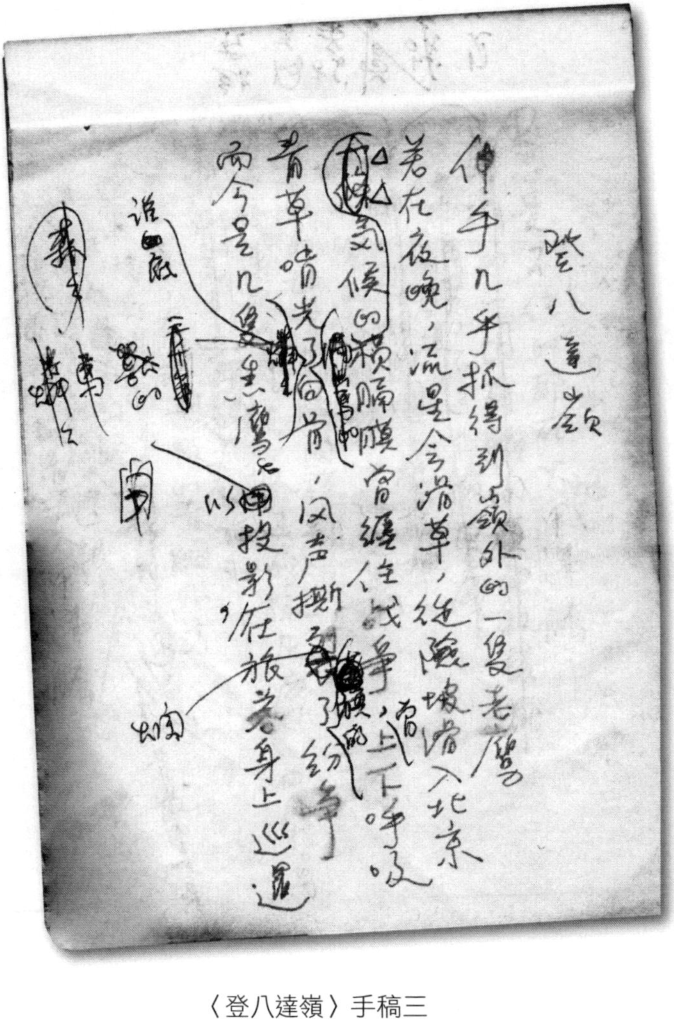

〈登八達嶺〉手稿三

微笑 I

沒有蝴蝶的親吻，花是寂寞的
沒有斧的飢渴，木頭是寂寞的
沒有你的燃燒，愛是寂寞的
那麼，襲擊我吧，以你的唇和微笑
不要留下我，在寂寞裏游泳

微笑 II

沒有小鳥的駐唱，樹是寂寞的
沒有鋤的敲擊，泥土是寂寞的
沒有你的纏繞，心是寂寞的
那麼，捲走我吧，以你暈人的酒窩
不要留下我，在寂寞裏游泳

微笑 III

沒有船兒的晃盪，海是寂寞的
沒有雲的魔法，天空是寂寞的
沒有你的凝視，夜是寂寞的
那麼，載走我吧，以你微笑的翅膀
不要留下我，在寂寞裏游泳

鷹與蛇

整座天空貼滿牠們荒謬的翅影
唯我仍能倒掛，懸崖上假裝是一根枯枝
幾顆蛋顫抖地在鳥巢中等我
寂靜多麼可怖，只等田鼠或白兔被追成不幸
鷹眼中，滑不溜丟的盜蛋蛇，是我

二〇一〇年定稿

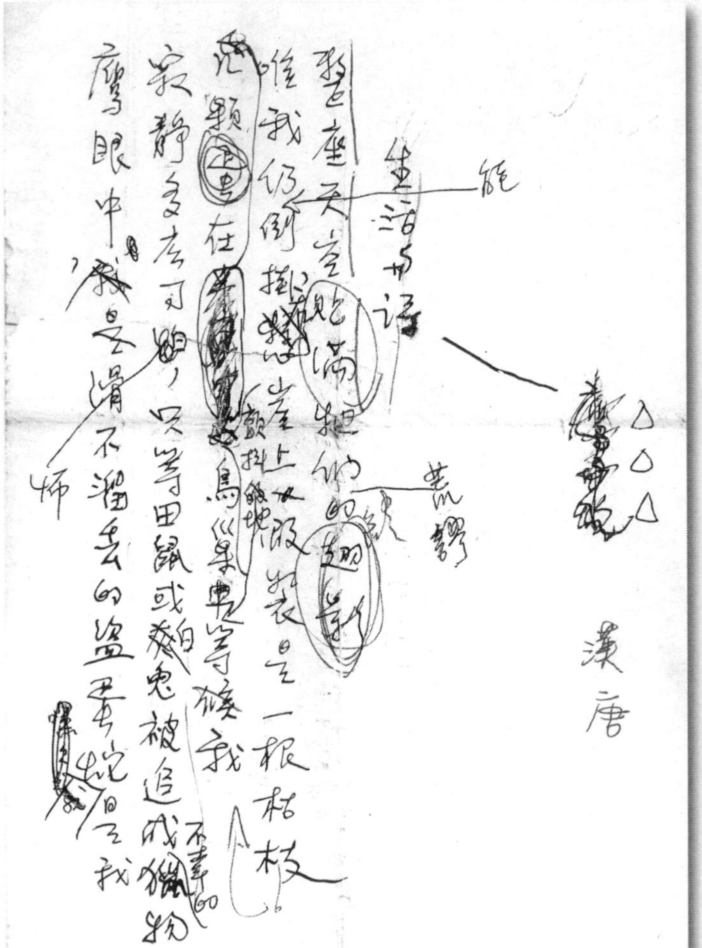

〈鷹與蛇〉手稿

歌者

她的喉嚨是我失眠的原點
淋不濕的歌聲不肯成眠
像昨天的噩夢，飄過
雨溶溶的夜，恣意地迂迴於
我左耳與右耳的小巷之間

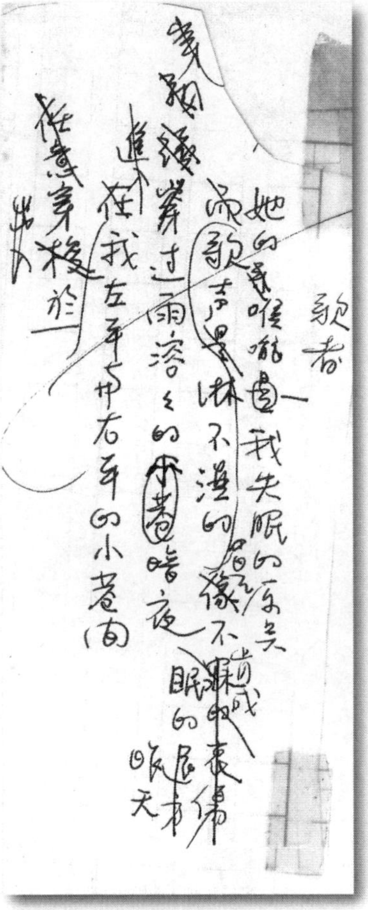

〈歌者〉手稿一

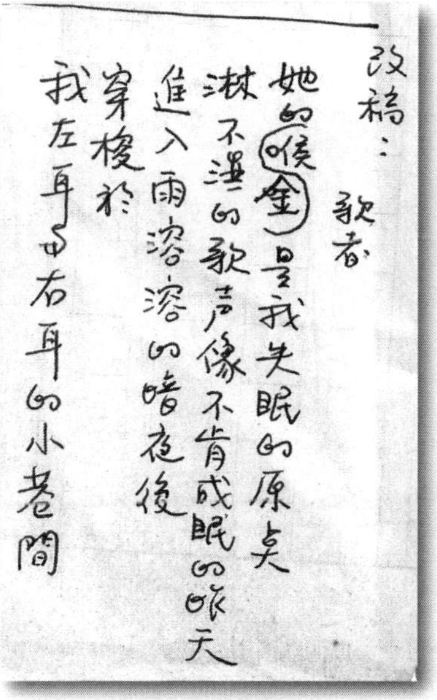
改稿：歌者
她的喉金是我失眠的原因
淋不溼的歌聲像不肯成眠的晚天
進入雨溶溶的暗夜後
穿梭於
我左耳與右耳的小巷間

〈歌者〉手稿二

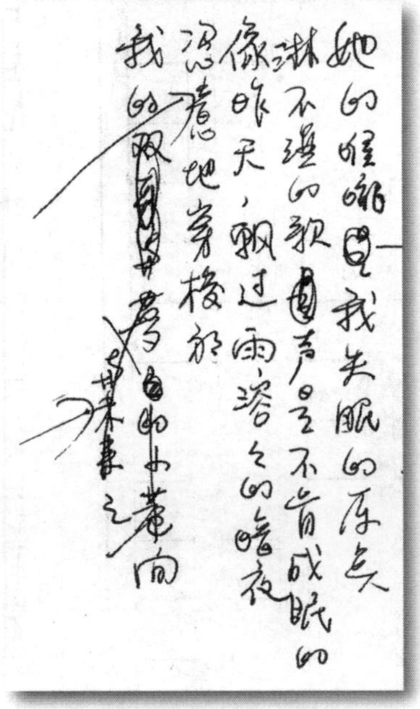

〈歌者〉手稿三

西湖泛舟

整面湖裝滿了中國衰老的雲
小船划過去，幾千年的魚尾紋
古老的倒影被遊艇攪碎後又還原
柳煙下行人把杭州走得若有若無
蘇堤古蒼蒼，只捧紅了半湖荷花

一九九一年

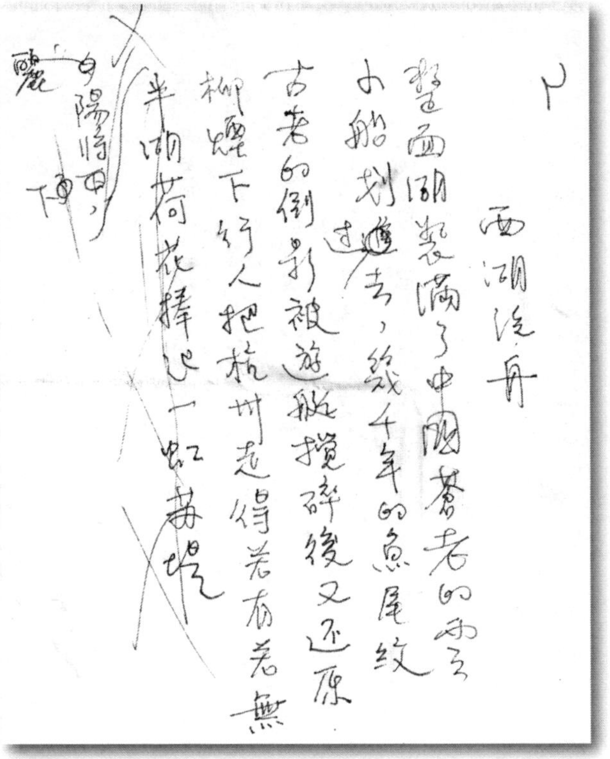

〈西湖泛舟〉手稿一

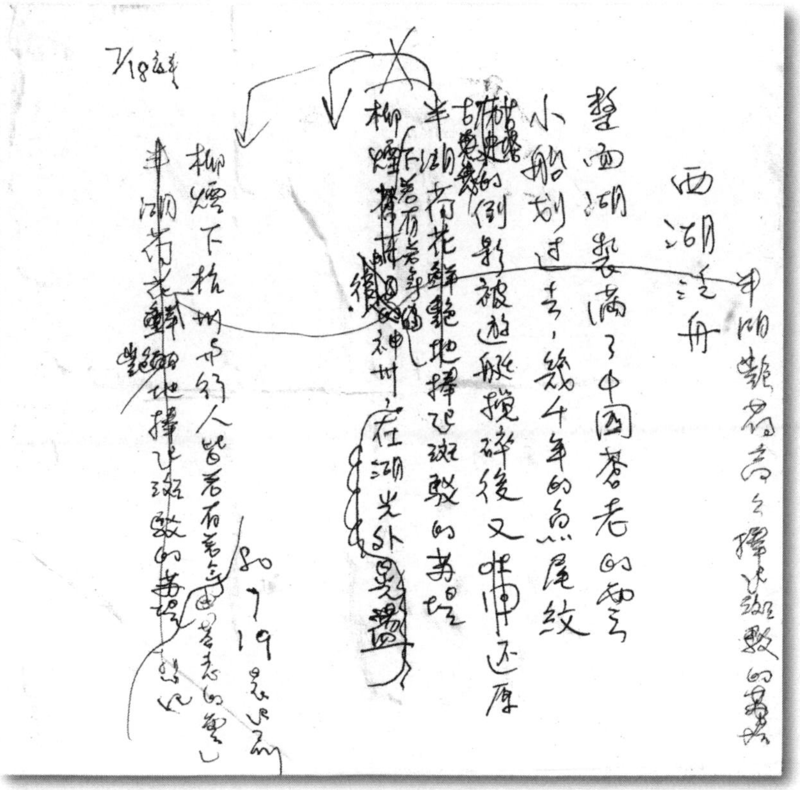

〈西湖泛舟〉手稿二

北極

搓手，呵氣，天寒地凍是揮之不去的
領隊的狗死了，雪車仍在
鐘聲被誰握著，於遠方等我
寂靜崎嶇在眼前的冰河上
軋軋軋，唯我推動破冰的滾輪

一九九〇年

老婦

沙灘上波浪來回印刷了半世紀
那條船仍不曾踩上岸來
斷槳一般成了大海的野餐
老婦人坐在窗前，眼裡有一張帆
日日糾纏著遠方

金鏈奴

——中東女郎

熠熠小金蛇纏綣在你腰上
首尾相扣後，請問如何從愛中逃脫
金鏈奴，你是束上金環的脂玉葫蘆
絕代的風姿唯你楚腰的纖細說得清
金屬的磁流抱住你，你暈眩如剛出爐的行星

野營

把冬天搓入柴火堆煮沸
四野圍進來一群想煨暖的星星
當風聲將歌聲一首首駝到天涯
只留幾顆音符，在炭火上滋滋作響
天地上下，唯一爐燒紅的夢供應著能量

一九九一年

釣

水月是一輪沸騰的黃金
溪水忙了整夜收攏它懷中的財富
仍有些流金漂到下游去了
老者唇邊停著一隻螢火蟲
釣絲垂進水中尋魚兒的小嘴

焚

不捨　收入盒裏
愛恨　點成燭蕊
苦　　交給地藏佛
永恆　交給剎那
母親　就將您交予火了

釋迦

「接引你」佛伸出慈悲手，說
「這不是天梯　是莊嚴的腳步
你一步一步踩上來」

但他的手掌　海那樣寬
十萬八千里的洶湧

論寶特瓶是漂浮的地球見寶特瓶未見水庫說

凡綠藻之上必是孑孓之上必是小吳郭魚，或者
凡
蝌
蚪
之下必是小蝦米之下必是蜉蝣既然水庫
上
浪
蕩
的一支支寶特瓶內，裝著的世界都不同
因
此
都
是相同的世界，所以宇宙中四處漂浮的
寶特瓶，一律是既互異又互仿又互異的地球們

對鏡

堅定兩排牙齒　舌頭纔獲得自由
忙壞兩捲窗簾　眼睛才像靈魂的黑盒
挺出一管鼻子　一張臉纔有火車的衝動
撥亂一窩髮　纔好潛藏萬條胡思之蟲在下頭
但　有個人像面鏡子最好　把自己的活　框起來

龍捲風

——給性

狂飆的中心旋轉著一支軟柔的豎笛
天擠迫著地，野獸野獸著
簫聲纏繞簫，最柔的綑綁最硬的
當愛席捲了一切，詩句會丟棄何方
原野又漸漸空無成一張荒涼的床

一九九九年

裸

雲，裸體的
馬，裸體的
詩是我的雲
　　我的馬
飛入你眼睛的小鳥

卷五
踩凹慾望柔軟的小腹

戲陶

——遊鶯歌鎮

素胚是我，於你手中
掙扎，渴望吐出
陶的喉音，瓷的笑聲
心已裸裎，於肉體之外
渴望，火之包裹

星

一條銀河一把火
星與星是
火中跳躍的原子與原子
是旋轉門間錯身而過的
你和我

塑像

——北京所見

驕傲需要適度的封閉性
幾億人的腦漿都注入
同一顆頭顱，以致他挺出的
額頭飽脹得如斷崖，如一方青史
——羽翅都容易打滑的高度

月亮

球型的——他們叫月亮的，其實是水庫
不儲水，儲光，低水位時一條船
滿水位時像鼓漲了帆，瞬間可航遍
地球每一池仰望的水塘，且將之
鍍得金亮。海如你忍不住的心，一夜抓狂

手

那朵雲一點都不正經
一顆撞球似的碰這面山
彈回來又撞向那面山
就在群山圈住的球檯上
偎來　下午　偎去　黃昏

祭師

陰影是
月亮崇拜的
舞者
而誰
是你背後持扇的祭師

露珠

星球出發前
都須打掃
你
看過骯髒的
露珠嗎

撒哈拉

海枯之際，石爛之時
連海也會吐出沙漠
風起時，聽：沙與沙的互擊
應該有一粒砂，叫做三毛
在其間滾動、呼、嚎……

秋景

紅蝴蝶飛滿楓樹，於你眼瞳
瘦成一株株淒美的廊柱
秋捲起夏總是捲不完的
一朵蓮花合掌引退
自池心的年輪……

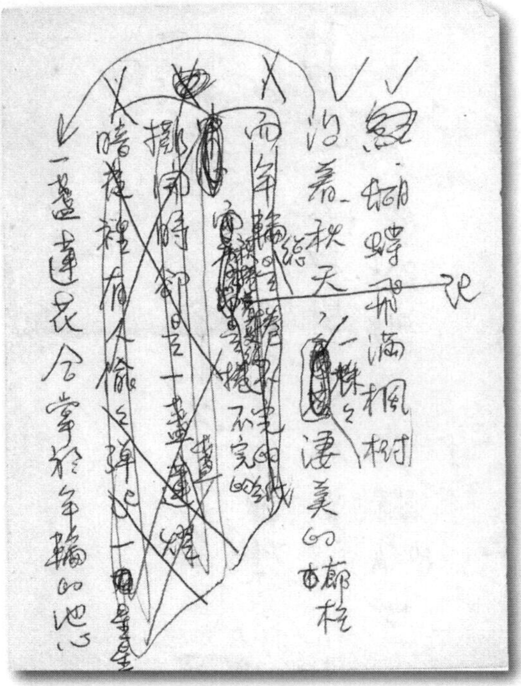

〈秋景〉手稿一

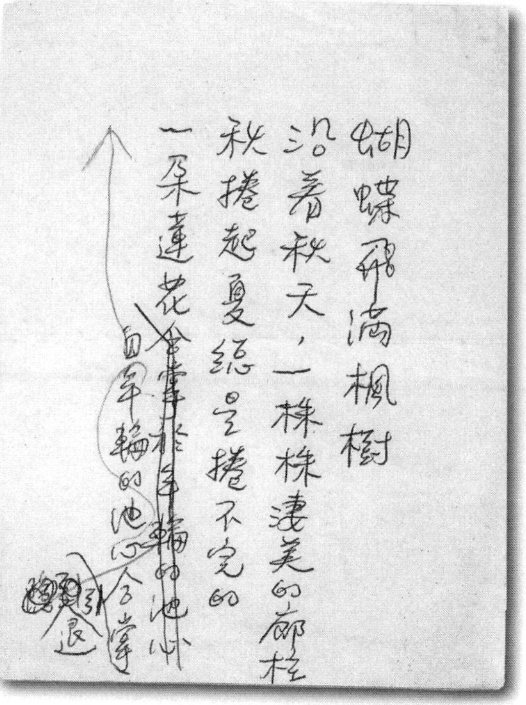

〈秋景〉手稿二

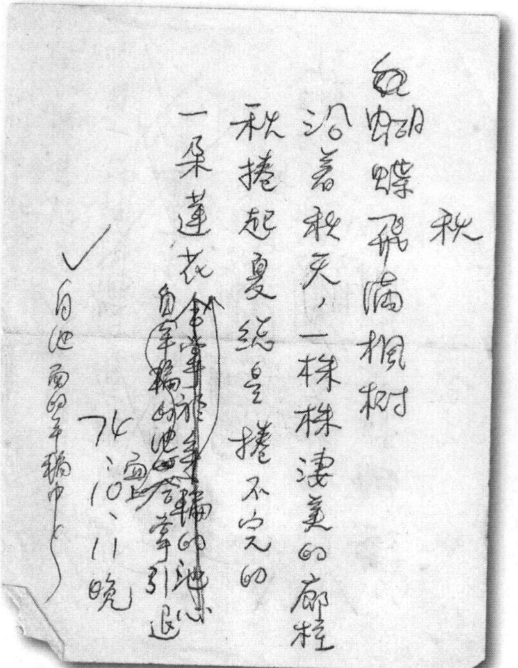

〈秋景〉手稿三

詩

文字，有
詩，沒有
文字氧化
詩　還原
文字是1，詩是0

樹火

——梵谷的「系杉樹」

巨樹以它高聳的尖，頂住天空
樹身開始旋轉
活似一把捻不熄的火炬
鳥獸都閉起眼睛，畏懼這恐怖的陰影
著火的雲兒一塊塊掉下來，呼痛地掉下

打開

太平洋打開億萬朵光之花
鋪出一座大道場
我們也被打開，匍匐自己成薄薄
一席蒲團，邀都蘭山坐鎮上頭
並觀想綠島：一盤釋放緩和慢的線香

滑倒

浪花再大，能不在沙灘上滑倒？
夏天之火在秋天之懷中滑倒
愛，最後可否免於在不愛裡滑倒？
而如何才能像瀑布，滑倒在斷崖
你眼睛的深處是斷崖嗎？我該滑翔或滑倒

白蛾說

逃不出屋宇和眾多玻璃的那隻白蛾
飛入伊的掌中，親吻伊的每一根手指頭
做最後的抖顫，並哀求說：請莫令
我的翅膀合攏，請用最尖的那顆星釘死我
從你眼窩的窗口望出去尖得最像誓言的那顆……

那名字叫衛星的人

失控的往事終究是墜燬了，就在昨夜
夢境的上空，它燃燒的尾巴
淒厲成長長長的一聲驚叫
但除了躺在地面我那塊心肉受到重擊
摧燬，奄奄一息，沒有，沒有誰聽到

隱喻之夜

如何啃食，才能吃回昨夜說過的話
一口氣，相不相信，可以秤出一公斤的蜜
這是個充滿隱喻的傷痛之夜
一隻白蛾寧願在他手中掙扎而逝
一雙手掌圈起一整座夏日的星空

到培根為止

為了一口月光，井在喉嚨深處
忍受整片田野的鬼影幢幢
月亮不知情，只撫摸井口的輪廓
直到在青苔上滑倒為止
直到在青苔也似的心上滑倒為止

不枯之井

你說不能哭，坐我胸口那塊頑石點點頭
你說井不能枯，吊我心上那木桶也點了頭
但就在昨夜，我聽到草原深處
一口愛哭的井哭了一整夜，哭出今晨
眼前這一大片湖泊，漂我的牀來你窗口

踩凹慾望柔軟的小腹

螳螂，蜥蜴
老虎，豹
億年萬載
數不盡的趾掌
踩凹慾望柔軟的小腹……

一九九六年

鬱金香

花海中最高腳的酒杯，慢搖輕晃
於一根綠莖之上，允許陽光
和憂傷，躲進裡頭躊躇一下午
對著晚天將黃昏斟滿，舉杯
瞧，每一杯都鬱著金與香

夢土

——致林永發教授

一早，你家的椰子樹就轉動大風扇
對著旭日托起著火的綠島，喊燙
但你仍捧過來，吹成半涼的一枚
天賜的古印，不偏不倚
拍的一響，蓋在剛畫好的夢土上

語言文學類　PG0471

五行詩及其手稿

作　　者 / 白　靈
責任編輯 / 黃姣潔
圖文排版 / 蔡瑋中
封面設計 / 王嵩賀

發 行 人 / 宋政坤
法律顧問 / 毛國樑　律師
出版發行 / 秀威資訊科技股份有限公司
114台北市內湖區瑞光路76巷65號1樓
電話：+886-2-2796-3638　傳真：+886-2-2796-1377
http://www.showwe.com.tw
劃撥帳號 / 19563868　戶名：秀威資訊科技股份有限公司
讀者服務信箱：service@showwe.com.tw
展售門市 / 國家書店（松江門市）
104台北市中山區松江路209號1樓
電話：+886-2-2518-0207　傳真：+886-2-2518-0778
網路訂購 / 秀威網路書店：http://www.bodbooks.tw
國家網路書店：http://www.govbooks.com.tw

2010年12月BOD一版
定價：300元

國家圖書館出版品預行編目

五行詩及其手稿 / 白靈著. -- 一版. -- 臺北市 : 秀威資訊科技, 2010.12

面； 公分. --（語言文學類 ; PG0471）

BOD版

ISBN 978-986-221-647-7（平裝）

851.486 99020031

讀者回函卡

感謝您購買本書，為提升服務品質，請填妥以下資料，將讀者回函卡直接寄回或傳真本公司，收到您的寶貴意見後，我們會收藏記錄及檢討，謝謝！
如您需要了解本公司最新出版書目、購書優惠或企劃活動，歡迎您上網查詢或下載相關資料：http:// www.showwe.com.tw

您購買的書名：______________________________

出生日期：________年________月________日

學歷：□高中（含）以下　□大專　□研究所（含）以上

職業：□製造業　□金融業　□資訊業　□軍警　□傳播業　□自由業
　　　□服務業　□公務員　□教職　□學生　□家管　□其它_____

購書地點：□網路書店　□實體書店　□書展　□郵購　□贈閱　□其他

您從何得知本書的消息？

□網路書店　□實體書店　□網路搜尋　□電子報　□書訊　□雜誌
□傳播媒體　□親友推薦　□網站推薦　□部落格　□其他________

您對本書的評價：（請填代號　1.非常滿意　2.滿意　3.尚可　4.再改進）

封面設計____　版面編排____　內容____　文／譯筆____　價格____

讀完書後您覺得：

□很有收穫　□有收穫　□收穫不多　□沒收穫

對我們的建議：______________________________

____

____

____

請貼
郵票

11466
台北市內湖區瑞光路 76 巷 65 號 1 樓
秀威資訊科技股份有限公司 收
BOD 數位出版事業部

（請沿線對折寄回，謝謝！）

姓　　名：________________　年齡：________　性別：□女　□男

郵遞區號：□□□□□

地　　址：________________________________

聯絡電話：(日) ________________ (夜) ________________

E-mail：________________________________